Plus fort que Sherlock Holmès

Mark Twain

Alpha Editions

This edition published in 2023

ISBN : 9789357940993

Design and Setting By
Alpha Editions
www.alphaedis.com
Email - info@alphaedis.com

Contents

PREMIÈRE PARTIE

I

La première scène se passe à la campagne dans la province de Virginie, en l'année 1880.

Un élégant jeune homme de vingt-six ans, de fortune médiocre, vient d'épouser une jeune fille très riche. Mariage d'amour à première vue, précipitamment conclu, mais auquel le père de la jeune personne, un veuf, s'est opposé de toutes ses forces.

Le marié appartient à une famille ancienne mais peu estimée, qui avait été contrainte à émigrer de Sedgemoor, pour le plus grand bien du roi Jacques. C'était, du moins, l'opinion générale ; les uns le disaient avec une pointe de malice, les autres en étaient intimement persuadés.

La jeune femme a dix-neuf ans et est remarquablement belle. Grande, bien tournée, sentimentale, extrêmement fière de son origine et très éprise de son jeune mari, elle a bravé pour l'épouser la colère de son père, supporté de durs reproches, repoussé avec une inébranlable fermeté ses avertissements et ses prédictions ; elle a même quitté la maison paternelle sans sa bénédiction, pour mieux affirmer aux yeux du monde la sincérité de ses sentiments pour ce jeune homme.

Une cruelle déception l'attendait le lendemain de son mariage. Son mari, peu sensible aux caresses que lui prodiguait sa jeune épouse, lui tint ce langage étrange :

« Asseyez-vous, j'ai à vous parler. Je vous aimais avant de demander votre main à votre père, son refus ne m'a nullement blessé ; j'en ai fait, d'ailleurs, peu de cas. Mais il n'en est pas de même de ce qu'il vous a dit sur mon compte. Ne cherchez pas à me cacher ses propos à mon égard ; je les connais par le menu, et les tiens de source authentique.

« Il vous a dit, entre autres choses aimables, que mon caractère est peint sur mon visage ; que j'étais un individu faux, dissimulé, fourbe, lâche, en un mot une parfaite brute sans le moindre cœur, un vrai « type de Sedgemoor », a-t-il même ajouté.

« Tout autre que moi aurait été le trouver et l'aurait tué chez lui comme un chien. Je voulais le faire, j'en avais bien envie, mais il m'est venu une idée que j'estime meilleure. Je veux l'humilier, le couvrir de honte, le tuer à petites doses : c'est là mon plan. Pour le réaliser, je vous martyriserai, vous, son idole ! C'est pour cela que je vous ai épousée, et puis... Patience ! vous verrez bientôt si je m'y entends. »

Pendant trois mois à partir de ce jour, la jeune femme subit toutes les humiliations, les vilenies, les affronts que l'esprit diabolique de son mari put imaginer ; il ne la maltraitait pas physiquement ; au milieu de cette épreuve, sa grande fierté lui vint en aide et l'empêcha de trahir le secret de son chagrin. De temps à autre son mari lui demandait : « Mais pourquoi donc n'allez-vous pas trouver votre père et lui raconter ce que vous endurez ?... »

Puis il inventait de nouvelles méchancetés, plus cruelles que les précédentes et renouvelait sa même question. Elle répondait invariablement : « Jamais mon père n'apprendra rien de ma bouche. » Elle en profitait pour le railler sur son origine, et lui rappeler qu'elle était, de par la loi, l'esclave d'un fils d'esclaves, qu'elle obéirait, mais qu'il n'obtiendrait d'elle rien de plus. Il pouvait la tuer s'il voulait, mais non la dompter ; son sang et l'éducation qui avait formé son caractère l'empêcheraient de faiblir.

Au bout de trois mois, il lui dit d'un air courroucé et sombre : « J'ai essayé de tout, sauf d'un moyen pour vous dompter » ; puis il attendit la réponse.

— Essayez de ce dernier, répliqua-t-elle en le toisant d'un regard plein de dédain.

Cette nuit-là, il se leva vers minuit, s'habilla, et lui commanda :

« Levez-vous et apprêtez-vous à sortir. »

Comme toujours, elle obéit sans un mot.

Il la conduisit à un mille environ de la maison, et se mit à la battre non loin de la grande route. Cette fois elle cria et chercha à se défendre. Il la bâillonna, lui cravacha la figure, et excita contre elle ses chiens, qui lui déchirèrent ses vêtements ; elle se trouva nue. Il rappela ses chiens et lui dit :

« Les gens qui passeront dans trois ou quatre heures vous trouveront dans cet état et répandront la nouvelle de votre aventure. M'entendez-vous ? Adieu. Vous ne me reverrez plus. » Il partit.

Pleurant sous le poids de sa honte, elle pensa en elle-même :

« J'aurai bientôt un enfant de mon misérable mari, Dieu veuille que ce soit un fils. »

Les fermiers, témoins de son horrible situation, lui portèrent secours, et s'empressèrent naturellement de répandre la nouvelle. Indignés d'une telle sauvagerie, ils soulevèrent le pays et jurèrent de venger la pauvre jeune femme ; mais le coupable était envolé. La jeune femme se réfugia chez son père ; celui-ci, anéanti par son chagrin, ne voulut plus voir âme qui vive ; frappé dans sa plus vive affection, le cœur brisé, il déclina de jour en jour, et sa fille elle-même accueillit comme une délivrance la mort qui vint mettre fin à sa douleur.

Elle vendit alors le domaine et quitta le pays.

II

En 1886, une jeune femme vivait retirée et seule dans une petite maison d'un village de New England : sa seule compagnie était un enfant d'environ cinq ans. Elle n'avait pas de domestiques, fuyait les relations et semblait sans amis. Le boucher, le boulanger et les autres fournisseurs disaient avec raison aux villageois qu'ils ne savaient rien d'elle ; on ne connaissait, en effet, que son nom « Stillmann » et celui de son fils qu'elle appelait Archy. Chacun ignorait d'où elle venait, mais à son arrivée on avait déclaré que son accent était celui d'une Sudiste. L'enfant n'avait ni compagnons d'études ni camarades de jeux ; sa mère était son seul professeur. Ses leçons étaient claires, bien comprises : ce résultat la satisfaisait pleinement ; elle en était même très fière. Un jour, Archy lui demanda :

— Maman, suis-je différent des autres enfants ?

— Mais non, mon petit, pourquoi ?

— Une petite fille qui passait par ici m'a demandé si le facteur était venu, et je lui ai répondu que oui ; elle m'a demandé alors depuis combien de temps je l'avais vu passer ; je lui ai dit que je ne l'avais pas vu du tout. Elle en a été étonnée, et m'a demandé comment je pouvais le savoir puisque je n'avais pas vu le facteur ; je lui ai répondu que j'avais flairé ses pas sur la route. Elle m'a traité de fou et s'est moquée de moi. Pourquoi donc ?

La jeune femme pâlit et pensa : « Voilà bien la preuve certaine de ce que je supposais : mon fils a la puissance olfactive d'un limier. »

Elle saisit brusquement l'enfant et le serra passionnément dans ses bras, disant à haute voix : « Dieu me montre le chemin. » Ses yeux brillaient d'un éclat extraordinaire, sa poitrine était haletante, sa respiration entrecoupée. « Le mystère est éclairci maintenant, pensa-t-elle ; combien de fois me suis-je demandé avec stupéfaction comment mon fils pouvait faire des choses impossibles dans l'obscurité. Je comprends tout maintenant. »

Elle l'installa dans sa petite chaise et lui dit :

— Attends-moi un instant, mon chéri, et nous causerons ensemble.

Elle monta dans sa chambre et prit sur sa table de toilette différents objets qu'elle cacha ; elle mit une lime à ongles par terre sous son lit, des ciseaux sous son bureau, un petit coupe-papier d'ivoire sous son armoire à glace. Puis elle retourna vers l'enfant et lui dit :

— Tiens ! j'ai laissé en haut différents objets que j'aurais dû descendre ; monte donc les chercher et tu me les apporteras, ajouta-t-elle, après les lui avoir énumérés.

Archy se hâta et revint quelques instants après portant les objets demandés.

— As-tu éprouvé une difficulté quelconque, mon enfant, à trouver ces objets ?

— Aucune, maman, je me suis simplement dirigé dans la chambre en suivant votre trace.

Pendant son absence, elle avait pris sur une étagère plusieurs livres qu'elle avait ouverts ; puis elle effleura de la main plusieurs pages dont elle se rappela les numéros, les referma et les remit en place.

— Je viens de faire une chose en ton absence, Archy, lui dit-elle. Crois-tu que tu pourrais la deviner ?

L'enfant alla droit à l'étagère, prit les livres, et les ouvrit aux pages touchées par sa mère.

La jeune femme assit son fils sur ses genoux et lui dit :

— Maintenant, je puis répondre à ta question de tout à l'heure, mon chéri ; je viens de découvrir en effet que sous certains rapports tu n'es pas comme tout le monde. Tu peux voir dans l'obscurité, flairer ce que d'autres ne sentent pas ; tu as toutes les qualités d'un limier. C'est un don précieux, inestimable que tu possèdes, mais gardes-en le secret, sois muet comme une tombe à ce sujet. S'il était découvert, on te signalerait comme un enfant bizarre, un petit phénomène, et les autres se moqueraient de toi ou te donneraient des sobriquets.

Dans ce monde, vois-tu, il faut être comme le commun des mortels, si l'on ne veut provoquer ni moqueries, ni envie, ni jalousie. La particularité que tu as reçue en partage est rare et enviable, j'en suis heureuse et fière, mais pour l'amour de ta mère, tu ne dévoileras jamais ce secret à personne, n'est-ce pas ?

L'enfant promit, mais sans comprendre. Pendant tout le cours de la journée, le cerveau de la jeune femme fut en ébullition ; elle formait les projets les plus fantastiques, forgeait des plans, des intrigues, tous plus dangereux les uns que les autres et très effrayants par leurs conséquences. Cette perspective de vengeance donnait à son visage une expression de joie féroce et de je ne sais quoi de diabolique. La fièvre de l'inquiétude la gagnait, elle ne pouvait ni rester en place, ni lire, ni travailler. Le mouvement seul, était un dérivatif pour elle. Elle fondait sur le don particulier de son fils les plus vives espérances et se répétait sans cesse en faisant allusion au passé :

— Mon mari a fait mourir mon père de chagrin, et voilà des années que, nuit et jour, je cherche en vain le moyen de me venger, de le faire souffrir à son tour. Je l'ai trouvé maintenant. Je l'ai trouvé, ce moyen.

Lorsque vint la nuit, son agitation ne fit que croître. Elle continua ses expériences ; une bougie à la main elle se mit à parcourir sa maison de la cave au grenier, cachant des aiguilles, des épingles, des bobines de fil, des ciseaux sous les oreillers, sous les tapis, dans les fentes des murs, dans le coffre à charbon, puis elle envoya le petit Archy les chercher dans l'obscurité ; il trouva tout, et semblait ravi des encouragements que lui prodiguait sa mère en le couvrant de caresses.

A partir de ce moment, la vie lui apparut sous un angle nouveau ; l'avenir lui semblait assuré ; elle n'avait plus qu'à attendre le jour de la vengeance et jouir de cette perspective. Tout ce qui avait perdu de l'intérêt à ses yeux se prit à renaître. Elle s'adonna de nouveau à la musique, aux langues, au dessin, à la peinture, et aux plaisirs de sa jeunesse si longtemps délaissés. De nouveau elle se sentait heureuse, et retrouvait un semblant de charme à l'existence. A mesure que son fils grandissait, elle surveillait ses progrès avec une joie indescriptible et un bonheur parfait.

Le cœur de cet enfant était plus ouvert à la douceur qu'à la dureté. C'était même à ses yeux son seul défaut. Mais elle sentait bien que son amour et son adoration pour elle auraient raison de cette prédisposition.

Pourvu qu'il sache haïr ! C'était le principal ; restait à savoir s'il serait aussi tenace et aussi ancré dans son ressentiment que dans son affection. Ceci était moins sûr.

Les années passaient. Archy était devenu un jeune homme élégant, bien campé, très fort à tous les exercices du corps ; poli, bien élevé, de manières agréables il portait un peu plus de seize ans. Un soir, sa mère lui déclara qu'elle voulait aborder avec lui un sujet important, ajoutant qu'il était assez grand et raisonnable pour mener à bien un projet difficile qu'elle avait conçu et mûri pendant de longues années. Puis elle lui raconta sa lamentable histoire dans tous ses détails. Le jeune homme semblait terrorisé ; mais, au bout d'un moment, il dit à sa mère :

— Je comprends maintenant ; nous sommes des Sudistes ; le caractère de son odieux crime ne comporte qu'une seule expiation possible. Je le chercherai, je le tuerai.

— Le tuer ? Non. La mort est un repos, une délivrance ; c'est un bienfait du ciel ! il ne le mérite pas. Il ne faut pas toucher à un cheveu de sa tête !

Le jeune homme réfléchit un instant, puis reprit :

— Vous êtes tout pour moi, mère ; votre volonté doit être la mienne ; vos désirs sont impératifs pour moi. Dites-moi ce que je dois faire, je le ferai.

Les yeux de Mme Stillmann étincelaient de joie.

— Tu partiras à sa recherche, dit-elle. Depuis onze ans je connais le lieu de sa retraite ; il m'a fallu cinq ans et plus pour le découvrir, sans compter l'argent que j'ai dû dépenser. Il est dans une situation aisée et exploite une mine au Colorado. Il habite Denver et s'appelle Jacob Fuller. Voilà. C'est la première fois que j'en parle depuis cette nuit inoubliable. Songe donc ! ce nom aurait pu être le tien, si je ne t'avais épargné cette honte en t'en donnant un plus respectable. Tu l'arracheras à sa retraite, tu le traqueras, tu le poursuivras, et cela toujours sans relâche, ni trêve ; tu empoisonneras son existence en lui causant des terreurs folles, des cauchemars angoissants, si bien qu'il préférera la mort et aura le courage de se suicider. Tu feras de lui un nouveau Juif errant ; il faut qu'il ne connaisse plus un instant de repos et que, même en songe, son esprit soit persécuté par le remords. Sois donc son ombre, suis-le pas à pas, martyrise-le en te souvenant qu'il a été le bourreau de ta mère et de mon père.

— Mère, j'obéirai.

— J'ai confiance, mon fils. Tout est prêt, j'ai tout prévu pour ta mission. Voici une lettre de crédit, dépense largement ; l'argent ne doit pas être compté. Tu auras besoin de déguisements sans doute et de beaucoup d'autres choses auxquelles j'ai pensé.

Elle tira du tiroir de sa table plusieurs carrés de papier portant les mots suivants écrits à la machine :

10.000 DOLLARS DE PRIME

« On croit qu'un certain individu qui séjourne ici est vivement recherché dans un État de l'Est.

« En 1880, pendant une nuit, il aurait attaché sa jeune femme à un arbre, près de la grand'route, et l'aurait cravachée avec une lanière de cuir ; on assure qu'il a fait déchirer ses vêtements par ses chiens et l'a laissée toute nue au bord de la route. Il s'est ensuite enfui du pays. Un cousin de la malheureuse jeune femme a recherché le criminel pendant dix-sept ans (adresse... Poste restante). La prime de dix mille dollars sera payée comptant à la personne qui, dans un entretien particulier, indiquera au cousin de la victime la retraite du coupable. »

— Quand tu l'auras découvert et que tu seras sûr de bien tenir sa piste, tu iras au milieu de la nuit placarder une de ces affiches sur le bâtiment qu'il occupe ; tu en poseras une autre sur un établissement important de la localité. Cette histoire deviendra la fable du pays. Tout d'abord, il faudra par un moyen quelconque, que tu le forces à vendre une partie de ce qui lui appartient : nous y arriverons peu à peu, nous l'appauvrirons graduellement, car si nous le ruinions d'un seul coup, il pourrait, dans un accès de désespoir chercher à se tuer.

Elle prit dans le tiroir quelques spécimens d'affiches différentes, toutes écrites à la machine, et en lut une :

« A Jacob Fuller... Vous avez... jours pour régler vos affaires. Vous ne serez ni tourmenté ni dérangé pendant ce temps qui expirera à... heures du matin le... 18... A ce moment précis il vous faudra déménager. Si vous êtes encore ici à l'heure que je vous fixe comme dernière limite, j'afficherai votre histoire sur tous les murs de cette localité, je ferai connaître votre crime dans tous ses détails, en précisant les dates et tous les noms, à commencer par le vôtre. Ne craignez plus aucune vengeance physique ; dans aucun cas, vous n'aurez à redouter une agression. Vous avez été infâme pour un vieillard, vous lui avez torturé le cœur. Ce qu'il a souffert, vous le souffrirez à votre tour. »

— Tu n'ajouteras aucune signature. Il faut qu'il reçoive ce message à son réveil, de bonne heure, avant qu'il connaisse la prime promise, sans cela, il pourrait perdre la tête et fuir sans emporter un sou.

— Je n'oublierai rien.

— Tu n'auras sans doute besoin d'employer ces affiches qu'au début ; peut-être même une seule suffira. Ensuite, lorsqu'il sera sur le point de quitter un endroit, arrange-toi pour qu'il reçoive un extrait du message commençant par ces mots : « Il faut déménager, vous avez... jours. » Il obéira, c'est certain.

III

EXTRAITS DE LETTRES A SA MÈRE

Denver, 3 avril 1897.

Je viens d'habiter le même local que Jacob Fuller pendant plusieurs jours. Je tiens sa trace maintenant ; je pourrais le dépister et le suivre à travers dix divisions d'infanterie. Je l'ai souvent approché et l'ai entendu parler. Il possède un bon terrain et tire un parti avantageux de sa mine ; mais, malgré cela, il n'est pas très riche. Il a appris le travail de mineur en suivant la meilleure des méthodes, celle qui consiste à travailler comme un ouvrier à gages. Il paraît assez gai de caractère, porte gaillardement ses quarante-quatre ans ; il semble plus jeune qu'il n'est, et on lui donnerait à peine trente-six ou trente-sept ans. Il ne s'est jamais remarié et passe ici pour veuf. Il est bien posé, considéré, s'est rendu populaire et a beaucoup d'amis. Moi-même j'éprouve une certaine sympathie pour lui ; c'est évidemment la voix du sang qui crie en moi !

Combien aveugles, insensées et arbitraires sont certaines lois de la nature, la plupart d'entre elles au fond ! Ma tâche est devenue bien pénible maintenant. Vous le saisissez, n'est-ce pas ? et vous me pardonnerez ce sentiment ? Ma soif de vengeance du début s'est un peu apaisée, plus même que je n'ose en convenir devant vous ; mais je vous promets de mener à bien la mission que vous m'avez confiée. J'éprouverai peut-être moins de satisfaction, mais mon devoir reste impérieux : je l'accomplirai jusqu'au bout, soyez-en sûre. Je ressens pourtant un profond sentiment d'indignation lorsque je constate que l'auteur de ce crime odieux est le seul qui n'en ait pas souffert. Son action infâme a tourné entièrement à son avantage, et au bout du compte il est heureux. Lui, criminel, s'est vu épargner toutes les souffrances ; vous, l'innocente victime, vous les supportez avec une résignation admirable. Mais rassurez-vous, il récoltera sa part d'amertumes, je m'en charge.

Silver Gulch, 19 mai...

J'ai placardé l'affiche n° 1 le 3 avril à minuit ; une heure plus tard, j'ai glissé sous la porte de sa chambre l'affiche n° 2, lui signifiant de quitter Denver la nuit du 14 avant 11 h. 50.

Quelque vieux roublard de reporter m'a volé une affiche ; en furetant dans toute la ville, il a découvert ma seconde qu'il a également subtilisée. Ainsi, il a fait ce qu'on appelle en terme professionnel « un bon scoop », c'est-à-dire qu'il a su se procurer un document précieux, en s'arrangeant pour qu'aucun autre journal que le sien n'ait le même « tuyau ». Ce scoop a permis à son journal, le principal de l'endroit, d'imprimer la nouvelle en gros caractères en tête de son article de fond du lendemain matin ; venait ensuite un long dithyrambe sur notre malheur accompagné de violents commentaires sur le coupable ; en même temps, le journal ouvrait une souscription de 1.000 dollars pour renforcer la prime déjà promise. Les feuilles publiques de ce pays s'entendent merveilleusement à soutenir une noble cause... surtout lorsqu'elles entrevoient une bonne affaire.

J'étais assis à table comme de coutume, à une place choisie pour me permettre d'observer et de dévisager Jacob Fuller ; je pouvais en même temps écouter ce qui se disait à sa table. Les quatre-vingts ou cent personnes de la salle commentaient l'article du journal en souhaitant la découverte de cette canaille qui infectait la ville de sa présence. Pour s'en débarrasser, tous les moyens étaient bons ; on avait le choix du procédé : une balle, une canne plombée, etc.

Lorsque Fuller entra, il avait dans une main l'affiche (pliée), dans l'autre le journal. Cette vue me stupéfia et me donna des battements de cœur. Il avait l'air sombre et semblait plus vieux de dix ans, en même temps que très préoccupé ; son teint était devenu terreux. Et songez un peu, ma chère maman, à tous les propos qu'il dut entendre ! Ses propres amis, qui ne le soupçonnaient pas, lui appliquaient les épithètes et les qualificatifs les plus infâmes, en se servant du vocabulaire très risqué des dictionnaires dont la vente est permise ici. Et, qui plus est, il dut prendre part à la discussion et partager les appréciations véhémentes de ses amis. Cette circonstance le mettait mal à l'aise, et il ne parvint pas à me le dissimuler ; je remarquai facilement qu'il avait perdu l'appétit et qu'il grignotait pour se donner contenance. A la fin, un des convives déclara :

— Il est probable que le vengeur de ce forfait est parmi nous dans cette salle et qu'il partage notre indignation générale contre cet inqualifiable scélérat. Je l'espère, du moins.

Ah ! ma mère ! Si vous aviez vu la manière dont Fuller grimaçait et regardait effaré autour de lui. C'était vraiment pitoyable ! N'y pouvant plus tenir, il se leva et sortit.

Pendant quelques jours, il donna à entendre qu'il avait acheté une mine à Mexico et voulait liquider sa situation à Denver pour aller au plus tôt s'occuper de sa nouvelle propriété et la gérer lui-même.

Il joua bien son rôle, annonça qu'il emporterait avec lui quarante mille dollars, un quart en argent, le reste en billets ; mais comme il avait grandement besoin d'argent pour régler sa récente acquisition, il était décidé à vendre à bas prix pour réaliser en espèces. Il vendit donc son bien pour trente mille dollars. Puis, devinez ce qu'il fit.

Il exigea le paiement en monnaie d'argent, prétextant que l'homme avec lequel il venait de faire affaire à Mexico était un natif de New-England, un maniaque plein de lubies qui préférait l'argent à l'or ou aux traites. Le motif parut étrange, étant donné qu'une traite sur New-York pouvait se payer en argent sans la moindre difficulté. On jasa de cette originalité pendant un jour ou deux, puis ce fut tout, les sujets de discussion ne durent d'ailleurs jamais plus longtemps dans ce beau pays de Denver.

Je surveillais mon homme sans interruption ; dès que le marché fut conclu et qu'il eut l'argent en poche, ce qui arriva le 11, je m'attachai à ses pas, sans perdre de vue le moindre de ses mouvements. Cette nuit-là, ou plutôt le 12 (car il était un peu plus de minuit), je le filai jusqu'à sa chambre qui donnait sur le même corridor que la mienne, puis, je rentrai chez moi ; j'endossai mon déguisement sordide de laboureur, me maquillai la figure en conséquence, et m'assis dans ma chambre obscure, gardant à portée de ma main un sac plein de vêtements de rechange. Je laissai ma porte entrebâillée, me doutant bien que l'oiseau ne tarderait pas à s'envoler. Au bout d'une demi-heure, une vieille femme passa ; elle portait un sac. Un coup d'œil rapide me suffit pour reconnaître Fuller sous ce déguisement ; je pris mon baluchon et le suivis.

Il quitta l'hôtel par une porte de côté ; et, tournant au coin de l'établissement, il prit une rue déserte qu'il remonta pendant quelques instants, sans se préoccuper de l'obscurité et de la pluie. Il entra dans une cour et monta dans une voiture à deux chevaux qu'il avait commandée à l'avance ; sans permission, je grimpe derrière, sur le coffre à bagages, et nous partîmes à grande allure. Après avoir parcouru une dizaine de milles, la voiture s'arrêta à une petite gare. Fuller en descendit et s'assit sur un chariot remisé sous la véranda, à une distance calculée de la lumière ; j'entrai pour surveiller le guichet des billets. Fuller n'en prenant pas, je l'imitai. Le train arriva : Fuller se fit ouvrir un compartiment ; je montai dans le même wagon à l'autre extrémité, et suivant tranquillement le couloir, je m'installai derrière lui. Lorsqu'il paya sa place au conducteur, il fallut bien indiquer sa gare de destination ; je me glissai alors un peu plus près de lui pendant que l'employé lui rendait sa monnaie.

Quand vint mon tour de payer, je pris un billet pour la même station que Fuller, située à environ cent milles vers l'Ouest. A partir de ce moment-là, et pendant une semaine, j'ai dû mener une existence impossible. Il poussait toujours plus loin dans la région Ouest. Mais, au bout de vingt-quatre heures, il avait cessé d'être une femme. Devenu un bon laboureur comme moi, il portait de grands favoris roux. Son équipement était parfait, et il pouvait jouer son personnage mieux que tout autre, puisqu'il avait été réellement un ouvrier à gages. Son meilleur ami ne l'aurait pas reconnu. A la fin, il s'établit ici, dans un camp perdu sur une petite montagne de Montana ; il habite une maison primitive et va prospecter tous les jours ; du matin au soir, il évite toute relation avec ses semblables.

J'ai pris pension à une guinguette de mineurs. Vous ne pouvez vous figurer le peu de confortable que j'y trouve. Rien n'y manque : les punaises, la saleté, la nourriture infecte.

Voilà quatre semaines que nous sommes ici, et pendant tout ce temps, je ne l'ai aperçu qu'une fois ; mais, chaque nuit, je suis à la trace ses allées et venues de la journée et me mets en embuscade pour l'observer. Dès qu'il a eu loué une hutte ici, je me suis rendu à cinquante mille d'ici pour télégraphier à l'hôtel de Denver de garder mes bagages jusqu'à nouvel ordre. Ici je n'ai besoin que de quelques chemises de rechange que j'ai eu soin d'apporter avec moi.

Silver Gulch, 12 juin.

Je crois que l'épisode de Denver n'a pas eu son écho jusqu'ici. Je connais presque tous les habitants du Camp et ils n'y ont pas encore fait la moindre allusion, du moins, devant moi. Sans aucun doute, Fuller se trouve très heureux ; il a loué à deux milles d'ici, dans un coin retiré de la montagne, une concession qui promet un bon rendement et dont il s'occupe très sérieusement. Mais, malgré cela, il est métamorphosé d'aspect ! Jamais plus il ne sourit, il se concentre en lui-même et vit comme un ours, lui qui était si sociable et si gai, il y a à peine deux mois ! Je l'ai vu passer plusieurs fois ces derniers jours, abattu, triste, et l'air déprimé. Il fait peine à voir. Il s'appelle maintenant David Wilson.

Je m'imagine qu'il restera ici, jusqu'à ce que nous le délogions de nouveau. Puisque vous le voulez, je continuerai à le persécuter, mais je ne vois pas en quoi il peut être plus malheureux qu'à présent. Je retournerai à Denver, m'accorder une saison de repos et d'agrément ; je m'offrirai une nourriture meilleure, un lit plus confortable et des vêtements plus propres ; puis je prendrai mes bagages et ferai déménager le malheureux Wilson.

Denver, 19 juin.

Tout le monde le regrette ici. On espère qu'il fait fortune à Mexico ; les vœux qu'on forme pour lui sont très sincères, et viennent du cœur. Je m'en rends parfaitement compte : je m'attarde à plaisir ici, je l'avoue ; mais si vous étiez à ma place vous auriez pitié de moi. Je sens bien ce que vous allez penser de moi ; vous avez cent fois raison au fond. Si j'étais à votre place, et si je portais dans mon cœur une cicatrice aussi profonde !! !... C'est décidé. Je prendrai demain le train de nuit.

Denver 20 juin.

Dieu me pardonne, mère ! nous sommes sur une fausse piste ; nous pourchassons un innocent ! Je n'en ai pas dormi de la nuit ; le jour commence à poindre et j'attends impatiemment le train du matin !... Mais que les minutes me semblent longues, longues...

Ce Jacob Fuller est un cousin du coupable ! Comment n'avons-nous pas supposé plus tôt que le criminel ne porterait plus jamais son vrai nom après son méfait ? Le Fuller de Denver a quatre ans de moins que l'autre ; il est venu ici à vingt et un ans, en 1879, et était veuf un an avant votre mariage ; les preuves à l'appui de ce que j'avance sont innombrables. Hier soir, j'ai longuement parlé de lui à des amis qui le connaissaient depuis le jour de son arrivée. Je n'ai pas bronché, mais mon opinion est bien arrêtée : dans quelques jours, je le rapatrierai en ayant soin de l'indemniser de la perte qu'il a subie en vendant sa mine ; en son honneur je donnerai un banquet, une retraite aux flambeaux et une illumination dont les frais retomberont sur moi seul ; on me traitera peut-être « d'esbrouffeur », mais cela m'est égal. Je suis très jeune, vous le savez bien, et c'est là mon excuse. Dans quelque temps on ne pourra plus me traiter en enfant.

Silver Gulch, 2 juillet.

Mère ! Il est parti ! Parti sans laisser aucun indice. Sa trace était refroidie à mon arrivée ; je n'ai pu la retrouver. Je me lève aujourd'hui pour la première fois depuis cet événement. Mon Dieu ! comme je voudrais avoir quelques années de plus pour mieux supporter les émotions. Tout le monde croit qu'il est parti pour l'Ouest ; aussi vais-je me mettre en route ce soir ; je gagnerai en voiture la gare la plus voisine à deux ou trois heures d'ici ; je ne sais pas bien où je vais, mais je ne puis plus tenir en place ; l'inaction en ce moment me met à la torture.

Bien entendu, il se cache sous un faux nom et un nouveau déguisement. Ceci me fait supposer que j'aurai peut-être à parcourir le monde entier pour le trouver ! C'est du moins ce que je crois. Voyez-vous, mère ! le Juif errant, en ce moment : c'est moi. Quelle ironie ! Et dire que nous avions réservé « ce rôle à un autre » !

Toutes ces difficultés seraient aplanies si je pouvais placarder une nouvelle affiche. Mais je me sens incapable de trouver dans mon cerveau un procédé qui n'effraye pas le pauvre fugitif. Ma tête est prête à éclater. J'avais songé à cette affiche :

« Si le Monsieur qui a dernièrement acheté une mine à Mexico et en a vendu une à Denver veut bien donner son adresse » (mais à qui la donner ?) « il lui sera expliqué comment il y a eu méprise à son sujet ; on lui fera des excuses et on réparera le tort qui lui a été causé en l'indemnisant aussi largement que possible. »

Mais comprenez-vous la difficulté ? Il croira à un piège ; c'est tout naturel, d'ailleurs ! Je pourrais encore écrire : « Il est maintenant avéré que la personne recherchée n'est pas celle qu'on a trouvée ; il existait une similitude de nom ; mais il y a eu échange pour des raisons spéciales. » Cela pourrait-il aller ? Je crains que les soupçons des gens de Denver ne soient éveillés. Ils ne manqueront pas de dire en se rappelant les particularités de son départ : Pourquoi s'est-il enfui s'il n'était pas coupable ? Si je ne réussis pas à le trouver, il sera perdu dans l'estime des gens de Denver qui le portent très haut. Vous qui avez plus d'expérience et d'imagination que moi, venez à mon aide, ma chère mère !

Je n'ai qu'une clef, une clef unique, je connais son écriture ; s'il inscrit son nouveau nom sur un registre d'hôtel sans prendre le soin de la contrefaire très bien, je pourrai la reconnaître, mais il faut pour cela que le hasard me fasse rencontrer le fugitif.

San-Francisco, 28 juin 1898.

Vous savez avec quel soin j'ai fouillé tous les États du Colorado au Pacifique, et comment j'ai failli toucher au but. Eh bien ! je viens encore d'éprouver un nouvel échec et cela pas plus tard qu'hier. J'avais retrouvé dans la rue sa trace encore chaude qui me conduisit vers un hôtel de second ordre. Je me suis trompé ; j'ai dû suivre le contre-pied ; les chiens le font bien ! Mais je ne possède malheureusement qu'une partie des instincts du chien, et souvent je me laisse induire en erreur par mes facultés d'homme. Il a quitté cet hôtel depuis dix jours, m'a-t-on dit. Je sais maintenant qu'il ne séjourne plus nulle part depuis les six ou huit derniers mois, qu'il est pris d'un grand besoin de mouvement et ne peut plus rester tranquille. Je partage ce sentiment et sais combien il est pénible ! Il continue à porter le nom qu'il avait inscrit au moment où j'étais si près de le pincer, il y a neuf mois : « James Walker » ; c'est aussi celui qu'il avait adopté en fuyant Silver Gulch. Il ne fait pas d'effort d'imagination et a décidément peu de goût pour les noms de fantaisie. Il m'a été facile de reconnaître son écriture très légèrement déguisée.

On m'assure qu'il vient de partir en voyage sans laisser d'adresse et sans dire où il allait ; qu'il a pris un air effaré lorsqu'on le questionnait sur ses projets ; il n'avait, paraît-il, qu'une valise ordinaire pour tout bagage et il l'a emportée à la main. « C'est un pauvre petit vieux, a-t-on ajouté, dont le départ ne fera pas grand tort à la maison. »

Vieux ! Je suppose qu'il l'est devenu maintenant, mais n'en sais pas plus long, car je ne suis pas resté assez longtemps. Je me suis précipité sur sa trace ; elle m'a conduit à un quai. Mère ! La fumée du vapeur qui l'emportait se perdait à l'horizon ! J'aurais pu gagner une demi-heure en prenant dès le début la bonne direction ; mais il était même trop tard pour fréter un remorqueur et courir la chance de rattraper son bateau ! Il est maintenant en route pour Melbourne !

Hope Canyon, Californie.

3 octobre 1900.

Vous êtes en droit de vous plaindre. Une lettre en un an : c'est trop peu, j'en conviens ; mais comment peut-on écrire lorsqu'on n'a à enregistrer que des insuccès ? Tout le monde se laisserait démonter ; pour ma part, je n'ai plus de cœur à rien.

Je vous ai raconté, il y a longtemps, comment je l'avais manqué, à Melbourne, puis comment je l'avais pourchassé pendant des mois en Australie. Après cela, je l'ai suivi aux Indes, je crois même l'avoir aperçu à Bombay ; j'ai refait derrière lui tout son voyage, à Baroda, Rawal, Pindi, Lucknow, Lahore, Cawnpore, Allahabad, Calcutta, Madras, semaine par semaine, mois par mois, sous une chaleur torride et dans une poussière ! Je le traquais de près, et croyais le tenir ; mais il s'est toujours échappé. Puis, à Ceylan, puis à...

Mais je vous raconterai tout cela en détail. Il m'a ramené en Californie, puis à Mexico, et de là il retourna en Californie. Depuis ce moment-là, je l'ai pourchassé dans tous les pays, depuis le 1er janvier jusqu'au mois dernier. Je suis presque certain qu'il se tient près de Hope Canyon. J'ai suivi sa trace jusqu'à trente milles d'ici, mais je l'ai perdue ; pour moi, quelqu'un a dû l'enlever en voiture.

Maintenant je me repose de mes recherches infructueuses. Je suis éreinté, mère ! découragé et bien souvent près de perdre mon dernier espoir. Pourtant, les mineurs de ce pays sont de braves gens ; leurs manières affables que je connais de longue date et leur franchise d'allures sont bien faites pour me remonter le moral et me faire oublier mes ennuis. Voilà plus d'un mois que je suis ici. Je partage la cabane d'un jeune homme d'environ vingt-cinq ans, « Sammy Hillyer », comme moi fils unique d'une mère qu'il idolâtre et à qui il écrit régulièrement chaque semaine (ce dernier trait me ressemble moins). Il est timide, et sous le rapport de l'intelligence... certes... il ne faudrait pas lui demander de mettre le feu à une rivière ; à part cela, je l'aime beaucoup ; il est bon camarade, assez distingué, et je bénis le ciel de me l'avoir donné pour ami ; je peux au moins échanger avec lui mes impressions ; c'est une grande satisfaction, je vous assure. Si seulement « James Walker » avait cette compensation, lui qui aime la société et la bonne camaraderie. Cette comparaison me fait penser à lui, à la dernière entrevue que nous avons eue. Quel chaos que tout cela, lorsque j'y songe !

A cette époque, je luttais contre ma conscience pour m'attacher à sa poursuite ! Le cœur de Sammy Hillyer est meilleur que le mien, meilleur que tous ceux de cette petite république, j'imagine ; car il se déclare le seul ami de la brebis galeuse du camp, un nommé Flint Buckner. Ce dernier n'adresse la parole à personne en dehors de Sammy Hillyer.

Sammy prétend qu'il connaît l'histoire de Flint, que c'est le chagrin seul qui l'a rendu aussi sombre et que pour ce motif on devrait être pour lui aussi charitable que possible. Un cœur d'or seul peut s'accommoder du caractère de Flint Buckner, d'après tout ce que j'entends dire de lui. Le détail suivant vous donnera d'ailleurs une idée plus exacte du bon cœur de Sammy que tout ce que je pourrais vous raconter. Au cours d'une de nos causeries, il me dit à peu près ceci :

« Flint est un de mes compatriotes et me confie tous ses chagrins ; il déverse dans mon cœur le trop plein de ses tristesses quand il sent que le sien est près d'éclater. Il est impossible de rencontrer une homme plus malheureux, je t'assure, Archy Stillmann : sa vie n'est qu'un tissu de misères morales qui le font paraître beaucoup plus vieux que son âge. Il a perdu depuis bien des années déjà la notion du repos et du calme. Il n'a jamais connu la chance ; c'est un mythe pour lui et je lui ai souvent entendu dire qu'il soupirait après l'enfer de l'autre monde pour faire diversion aux misères de cette vie. »

IV

C'était par une matinée claire et fraîche du commencement d'octobre. Les lilas et les cytises, illuminés par un radieux soleil d'automne, avaient des reflets particuliers et formaient une voûte ininterrompue que la nature aimable mettait à la disposition des êtres qui habitent la région des hautes branches. Les mélèzes et les grenadiers profilaient leurs formes rouges et jaunes et jetaient une teinte de gaieté sur cet océan de verdure ; le parfum enivrant des fleurs éphémères embaumait l'atmosphère en délire ; bien haut dans les airs un grand oiseau solitaire planait, majestueux et presque immobile ; partout régnaient le calme, la sérénité et la paix des régions éthérées. Ceci se passe en octobre 1900, à Hope-Canyon, et nous sommes sur un terrain de mines argentifères dans la région d'Esméralva. Solitaire et reculé, l'endroit est de découverte récente ; les nouveaux arrivés le croient riche en métal (il suffira de le prospecter pendant un an ou deux pour être fixé sur sa valeur). Comme habitants, le camp se compose d'environ deux cents mineurs, d'une femme blanche avec son enfant, de quelques blanchisseurs chinois, d'une douzaine d'Indiens plus ou moins nomades, qui portent des vêtements en peaux de lapin, des chapeaux de liège et des colliers de bimbeloterie. Il n'y a ici ni moulins, ni église, ni journaux. Le camp n'existe que depuis deux ans et la nouvelle de sa fondation n'a pas fait sensation ; on ignore généralement son nom et son emplacement.

Des deux côtés de Hope-Canyon, les montagnes se dressent à pic, formant une muraille de trois mille pieds, et la longue file des huttes qui s'échelonnent au fond de cet entonnoir ne reçoit guère qu'une fois par jour, vers midi, la caresse passagère du soleil. Le village s'étend sur environ deux milles en longueur et les cabanes sont assez espacées l'une de l'autre. L'auberge est la seule maison vraiment organisée ; on peut même dire qu'elle représente la seule maison du camp. Elle occupe une position centrale et devient, le soir, le rendez-vous de la population. On y boit, on y joue aux cartes et aux dominos : il existe un billard dont le tapis couturé de déchirures a été réparé avec du taffetas d'Angleterre. Il y a bien quelques queues, mais sans procédés ; quelques billes fendues qui, en roulant, font un bruit de casserole fêlée et ne s'arrêtent que par soubresauts, et même un morceau de craie ébréchée ; le premier qui arrive à faire six carambolages de suite peut boire tant qu'il veut, aux frais du bar.

La case de Flint Buckner était au sud, la dernière du village ; sa concession était à l'autre extrémité, au nord, un peu au-delà de la dernière hutte dans cette direction. Il était d'un caractère cassant, peu sociable, et n'avait pas d'amis. Ceux qui essayaient de frayer avec lui ne tardaient pas à le regretter et lui faussaient compagnie au bout de peu de temps. On ne savait rien de son passé. Les uns croyaient que Sammy Hillyer savait quelque chose sur lui :

d'autres affirmaient le contraire. Si on le questionnait à ce sujet, Sammy prétendait toujours ignorer son passé. Flint avait à ses gages un jeune Anglais de seize ans, très timide et qu'il traitait durement, aussi bien en public que dans l'intimité. Naturellement, on s'adressait à ce jeune homme pour avoir des renseignements sur son patron, mais toujours sans succès. Fetlock Jones (c'est le nom du jeune Anglais) racontait que Flint l'avait recueilli en prospectant une autre mine, et comme lui-même n'avait en Amérique ni famille ni amis, il avait trouvé sage d'accepter les propositions de Buckner ; en retour du labeur pénible qui lui était imposé, Jones recevait pour tout salaire du lard et des haricots. C'était tout ce que ce jeune homme voulait raconter sur son maître.

Il y avait déjà un mois que Fetlock était rivé au service de Flint ; son apparence déjà chétive pouvait inspirer de jour en jour de sérieuses inquiétudes, car on le voyait dépérir sous l'influence des mauvais traitements que lui faisait subir son maître. Il est reconnu, en effet, que les caractères doux souffrent amèrement de la moindre brutalité, plus amèrement peut-être que les caractères fortement trempés qui s'emportent en paroles et se laissent même aller aux voies de fait quand leur patience est à bout et que la coupe déborde. Quelques personnes compatissantes voulaient venir en aide au malheureux Fetlock et l'engageaient à quitter Buckner ; mais le jeune homme accueillit cette idée avec un effroi mal dissimulé et répondit qu'il ne l'oserait jamais.

Pat Riley insistait en disant :

— Quittez donc ce maudit harpagon et venez avec moi. N'ayez pas peur, je me charge de lui faire entendre raison, s'il proteste.

Fetlock le remercia les larmes aux yeux, mais se mit à trembler de tous ses membres en répétant qu'il n'oserait pas, parce que Flint se vengerait s'il le retrouvait en tête à tête au milieu de la nuit. « Et puis, voyez-vous, s'écriait-il, la seule pensée de ce qui m'arriverait me donne la chair de poule, M. Riley. »

D'autres lui conseillaient : « Sauvez-vous, nous vous aiderons et vous gagnerez la côte une belle nuit. » Mais toutes les suggestions ne pouvaient le décider ; Fetlock prétendait que Flint le poursuivrait et le ramènerait pour assouvir sa vengeance.

Cette idée de vengeance, personne ne la comprenait. L'état misérable du pauvre garçon suivait son cours et les semaines passaient. Il est probable que les amis de Fetlock se seraient rendu compte de la situation, s'ils avaient connu l'emploi de ses moments perdus. Il couchait dans une hutte voisine de celle de Flint et passait ses nuits à réfléchir et à chercher un moyen infaillible de tuer Flint sans être découvert. Il ne vivait plus que pour cela ; les heures pendant lesquelles il machinait son complot étaient les seuls moments de la journée auxquels il aspirait avec ardeur et qui lui donnaient l'illusion du bonheur.

Il pensa au poison. Non, ce n'était pas possible ; l'enquête révélerait où il l'avait pris et qui le lui avait vendu. Il eut l'idée de lui loger une balle dans le dos quand il le trouverait entre quatre yeux, un soir où Flint rentrerait chez lui vers minuit, après sa promenade accoutumée.

Mais quelqu'un pourrait l'entendre et le surprendre. Il songea bien à le poignarder pendant son sommeil. Mais sa main pourrait trembler, son coup ne serait peut-être pas assez sûr ; Flint alors s'emparerait de lui. Il imagina des centaines de procédés variés ; aucun ne lui paraissait infaillible ; car les moyens les plus secrets présentaient toujours un danger, un risque, une possibilité pour lui d'être trahi. Il ne s'arrêta donc à aucun.

Mais il était d'une patience sans borne. Rien ne presse, se disait-il. Il se promettait de ne quitter Flint que lorsqu'il l'aurait réduit à l'état de cadavre ; mieux valait prendre son temps, il trouverait bien une occasion d'assouvir sa vengeance. Ce moyen existait et il le découvrirait, dût-il pour cela subir toutes les hontes et toutes les misères.

Oui ! il trouverait sûrement un procédé qui ne laisserait aucune trace de son crime, pas le plus petit indice ; rien ne pressait : mais quand il l'aurait trouvé, oh ! alors, quelle joie de vivre pour lui !

En attendant, il était prudent de conserver religieusement intacte sa réputation de douceur, et il s'efforçait plus que jamais de ne pas laisser entendre le moindre mot de son ressentiment ou de sa colère contre son oppresseur.

Deux jours avant la matinée d'octobre à laquelle nous venons de faire allusion, Flint avait acheté différents objets qu'il rapportait à sa cabane, aidé par Fetlock : une caisse de bougies, qu'ils placèrent dans un coin, une boîte de poudre explosible qu'ils logèrent au-dessus des bougies, un petit baril de poudre qu'ils déposèrent sous la couchette de Flint et un énorme chapelet de fusées qu'ils accrochèrent à un clou.

Fetlock en conclut que le travail du pic allait bientôt faire place à celui de la poudre et que Flint voulait commencer à faire sauter les blocs. Il avait déjà assisté à ce genre d'explosions, mais n'en connaissait pas la préparation. Sa supposition était exacte ; le temps de faire sauter la mine était venu.

Le lendemain matin, ils portèrent au puits les fusées, les forets, et la boîte à poudre. Le trou avait à peu près huit pieds de profondeur, et pour arriver au fond comme pour en sortir, il fallait se servir d'une petite échelle. Ils descendirent donc ; au commandement, Fetlock tint le foret (sans savoir comment s'en servir) et Flint se mit à cogner. Au premier coup de marteau, le foret échappa des mains de Fetlock et fut projeté de côté.

— Maudit fils de nègre, vociféra Flint, en voilà une manière de tenir un foret ! Ramasse-le et tâche de tenir ton outil ! Je t'apprendrai ton métier, attends ! Maintenant charge.

Le jeune homme commença à verser la poudre.

— Idiot, grommela Flint, en lui appliquant sur la mâchoire un grand coup de crosse, qui lui fit perdre l'équilibre. Lève-toi ! Tu ne vas pas rester par terre, je pense. Allons, mets d'abord la mèche, maintenant la poudre ; assez ; assez ! Veux-tu remplir tout le trou ? Espèce de poule mouillée ! Mets de la terre, du gravier et tasse le tout. Tiens ! grand imbécile, sors de là.

Il lui arracha l'instrument et se mit à damer la charge lui-même en jurant et blasphémant comme un forcené. Puis il alluma la mèche, sortit du puits et courut à cinquante mètres de là, suivi de Fetlock. Ils attendirent quelques instants : une épaisse fumée se produisit et des quartiers de roche volèrent en l'air avec un fracas d'explosion ; une pluie de pierres retomba et tout rentra dans le calme.

— Quel malheur que tu ne te sois pas trouvé là-dedans, s'écria le patron.

Ils redescendirent dans le puits, le nettoyèrent, préparèrent un nouveau trou et recommencèrent la même opération :

— Regarde donc ce que tu fais au lieu de tout gaspiller : Tu ne sais donc pas régler une charge ?

— Non, maître !

— Tu ne sais pas ? Ma foi ! je n'ai jamais rien vu d'aussi bête que toi.

Il sortit du puits et cria à Fetlock qui restait en bas :

— Eh bien ! idiot ! Vas-tu rester là toute la journée ! Coupe la mèche et allume-la !

Le pauvre garçon répondit tout tremblant :

— Maître, je ferai comme il vous plaira.

— Comment ? tu oses me répondre, à moi ? Coupe, allume, te dis-je !

Le jeune garçon fit ce qui lui était commandé.

— Sacrebleu, hurla Flint ; tu coupes une mèche aussi courte... je voudrais que tu sautes avec...

Dans sa colère, il retira l'échelle et s'enfuit.

Fetlock resta terrorisé.

— Oh ! mon Dieu ! mon Dieu ! au secours ! Je suis perdu, criait-il. Que faire ? que faire ?

Il s'adossa au mur et s'y cramponna comme il put : le pétillement de la poudre qui s'allumait l'empêchait d'articuler un son ; sa respiration s'arrêta, il était là sans force et inerte ; encore deux ou trois secondes, et il volerait en l'air avec les blocs de pierre. Une inspiration subite lui vint. Il allongea le bras, saisit la mèche et coupa l'extrémité qui dépassait d'un pouce au-dessus du sol ; il était sauvé ! Il tomba à moitié évanoui et mort de peur, murmurant avec un sourire sur les lèvres :

— Il m'a montré ! Je savais bien qu'avec de la patience, j'y arriverais !

Cinq minutes après, Buckner se glissa furtivement au puits, l'air gêné et inquiet, et en examina le fond. Il comprit la situation et vit ce qui était arrivé ; il descendit l'échelle. Fetlock put remonter malgré son grand affaiblissement et son émotion. Il était livide ; sa mine effrayante parut impressionner Buckner qui essaya de lui témoigner un regret et un semblant de sympathie ; mais ces deux sentiments lui étaient trop inconnus pour qu'il sût les exprimer.

— C'est un accident, lui dit-il. N'en parle à personne, n'est-ce pas ? J'étais énervé et ne savais plus très bien ce que je faisais. Tu me parais fatigué, tu as trop travaillé aujourd'hui. Va à ma cabane et mange tout ce que tu voudras ; ensuite, repose-toi bien.

N'oublie pas que cet accident est dû à mon seul énervement.

— Vous m'avez bien effrayé, lui dit Fetlock en s'en allant, mais j'ai au moins appris quelque chose, je ne le regrette pas.

— Pas difficile à contenter, marmotta Buckner en l'observant du coin de l'œil. Je me demande s'il en parlera ; l'osera-t-il ? Quelle guigne qu'il n'ait pas été tué !

Fetlock ne pensa pas à se reposer pendant le congé qui lui avait été accordé ; il l'employa à travailler avec ardeur et à préparer, fiévreusement, son plan de vengeance. Des broussailles épaisses couvraient la montagne du côté de la demeure de Flint. Fetlock s'y cacha et adopta cette retraite pour machiner son complot. Ses derniers préparatifs devaient se faire dans le bouge qui lui servait de hutte.

— S'il a le moindre soupçon à mon endroit, pensa-t-il, il a bien tort de croire que je raconterai ce qui s'est passé ; d'ailleurs, il ne le croira pas longtemps ; bientôt il sera fixé. Demain je ne me départirai pas de ma douceur et de ma timidité habituelles qu'il croit inaltérables. Mais après-demain, au milieu de la nuit, sa dernière heure aura sonné sans que personne au monde puisse soupçonner l'auteur de sa mort et la manière dont elle sera survenue. Le piquant de la chose est que lui-même m'en ait suggéré l'idée.

V

Le jour suivant s'écoula sans aucun incident. Minuit va sonner et, dans peu d'instants, une nouvelle journée commencera. La scène se passe au bar, dans la salle de billard. Des hommes d'aspect commun, aux vêtements grossiers, coiffés de chapeaux à larges bords, portent leurs pantalons serrés dans de grosses bottes, ils sont tous en veston et se tiennent groupés autour d'un poêle de fonte qui, bourré de charbon, leur distribue une généreuse chaleur ; les billes de billard roulent avec un son fêlé ; à l'intérieur de la salle, on n'entend pas d'autre bruit ; mais, au dehors, la tempête mugit. Tous paraissent ennuyés et dans l'attente.

Un mineur, aux épaules carrées, entre deux âges, avec des favoris grisonnants, l'œil dur et la physionomie maussade, se lève sans mot dire, il passe son bras dans un rouleau de mèche, ramasse quelques objets lui appartenant et sort sans prendre congé de ses compagnons. C'est Flint Buckner. A peine la porte est-elle refermée sur lui que la conversation, gênée par sa présence, reprend avec entrain.

— Quel homme réglé ! il vaut une pendule, dit Jack Parker, le forgeron, sans tirer sa montre ; on sait qu'il est minuit quand il se lève pour sortir.

— Sa régularité est bien la seule qualité qu'il possède, répliqua le mineur Peter Hawes, je ne lui en connais pas d'autre ; vous non plus, que je sache ?

— Il fait tache parmi vous, dit Ferguson, l'associé de Well-Fargo. Si j'étais propriétaire de cet établissement, je le forcerais bien à se démuseler un jour ou l'autre, qu'il le veuille ou pas !

En même temps il lança un regard significatif au patron du bar qui fit semblant de ne pas comprendre, car l'homme en question était une bonne pratique, et rentrait chaque soir chez lui après avoir consommé un stock de boissons variées servies par le bar.

Dites donc, les amis, demanda le mineur Ham Sandwich, l'un de vous se souvient-il que Buckner lui ait jamais offert un cocktail ?

— Qui ? lui ? Flint Buckner ? Ah ! non certes !

Cette réponse ironique sortit avec un ensemble parfait de la bouche de tous les assistants.

Après un court silence, Pat Riley, le mineur, reprit :

— Cet oiseau-là est un vrai phénomène. Et son aide tout autant que lui. Moi, je ne les comprends ni l'un ni l'autre ; je donne ma langue au chat !

— Vous êtes pourtant un malin, répondit Ham Sandwich, mais, ma foi, les énigmes que sont ces deux individus restent impossibles à deviner. Le mystère qui entoure le patron enveloppe également son acolyte. C'est bien votre avis n'est-ce pas ?

— Pour sûr !

Chacun acquiesça. Un seul d'entre eux gardait le silence. C'était le nouvel arrivant, Peterson. Il commanda une tournée de rafraîchissements pour tous et demanda si, en dehors de ces deux types étranges, il existait au camp un troisième phénomène.

— Nous oublions Archy Stillmann, répondirent-ils tous.

Celui-là aussi est donc un drôle de pistolet ? demanda Peterson.

— On ne peut pas vraiment dire que cet Archy Stillmann soit un phénomène, continua Ferguson, l'employé de Well-Fargo ; il me fait plutôt l'effet d'un toqué !

Ferguson avait l'air de savoir ce qu'il disait. Et comme Peterson désirait connaître tout ce qui concernait Stillmann, chacun se déclara prêt à lui raconter sa petite histoire. Ils commencèrent tous à la fois, mais Billy Stevens, le patron du bar, rappela tout le monde à l'ordre, déclarant qu'il valait mieux que chacun parlât à son tour.

Il distribua les rafraîchissements et donna la parole à Ferguson.

Celui-ci commença :

— Il faut d'abord vous dire qu'Archy n'est qu'un enfant, c'est tout ce que nous savons de lui ; on peut chercher à le sonder, mais c'est peine perdue ; on n'en peut rien tirer ; il reste complètement muet sur ses intentions et ses affaires personnelles ; il ne dit même pas d'où il est et d'où il vient. Quant à deviner la nature du mystère qu'il cache, c'est impossible, car il excelle à détourner les conversations qui le gênent. On peut supposer tout ce que l'on veut ; chacun est libre, mais à quoi cela mène-t-il ? A rien, que je sache !

Quel est, en fin de compte, son trait de caractère distinctif ? Possède-t-il une qualité spéciale ? La vue peut-être, l'ouïe, ou l'instinct ? La magie, qui sait ? Choisissez, jeunes et vieux, femmes et enfants. Les paris sont ouverts. Eh bien, je vais vous édifier sur ses aptitudes ; vous pouvez venir ici, disparaître, vous cacher, où vous voudrez, n'importe où ; près ou loin, il vous trouvera toujours et mettra la main sur vous.

— Pas possible ?

— Comme j'ai l'honneur de vous le dire. Le temps ne compte pas pour lui, l'état des éléments le laisse bien indifférent, il n'y prête aucune attention ; rien ne le dérange !

— Allons donc ! et l'obscurité ? la pluie ? la neige ?

— Hein ?

— Tout cela lui est bien égal. Il s'en moque.

— Et le brouillard ?

— Le brouillard ! ses yeux le percent comme un boulet de canon ! Tenez, jeunes gens. Je vais vous raconter quelque chose de plus fort. Vous me traiterez de blagueur !

— Non, non, nous vous croyons, crièrent-ils tous en chœur. Continuez, Well-Fargo.

— Eh bien ! messieurs, supposez que vous laissiez Stillmann ici en train de causer avec vos amis : sortez sans rien dire, dirigez-vous vers le camp et entrez dans une cabane quelconque de votre choix ; prenez-y un livre, plusieurs si vous voulez, ouvrez-les aux pages qu'il vous plaira en vous rappelant leurs numéros ; il ira droit à cette cabane et ouvrira le ou les livres aux pages touchées par vous ; il vous les désignera toutes sans se tromper.

— Ce n'est pas un homme, c'est un démon.

— Je suis de votre avis. Et maintenant, je vous raconterai un de ses exploits les plus merveilleux.

— La nuit dernière, il a...

Il fut interrompu par une grande rumeur au dehors ; la porte s'ouvrit brusquement et une foule en émoi se précipita dans le bar entourant la seule femme blanche du camp qui criait et pleurait :

— Ma fille ! ma fille ! partie ! perdue ! Pour l'amour du ciel, dites-moi où est Archy Stillmann, nous ne savons plus où chercher.

— Asseyez-vous, Mrs Hogan, lui dit le patron du bar. Asseyez-vous et calmez-vous, Stillmann est ici depuis trois heures ; il a engagé une chambre après avoir rôdé toute la journée à la recherche d'une piste, suivant sa bonne habitude. Il est ensuite monté se coucher. Ham Sandwich, va donc le réveiller et amène-le ; il est au numéro 14.

Archy fut vite habillé et en bas. Il demanda des détails à Mrs Hogan.

— Hélas ! mon ami, je n'en ai pas. Si j'en possédais seulement ! Je l'avais couchée à sept heures et lorsque je suis rentrée, il y a une heure, plus personne ! Je me suis précipitée chez vous ; vous n'y étiez pas ; depuis, je vous cherche partout, frappant à toutes les portes ; je viens ici en désespoir de cause, folle, épouvantée, le cœur brisé. Dieu merci, je vous ai trouvé enfin ! et vous me découvrirez mon enfant ! Venez vite ! vite !

— Je suis prêt, Madame, je vous suis ; mais regagnez d'abord votre logement.

Tous les habitants du camp avaient envie de prendre part à la chasse. Ceux de la partie Sud du village étaient sur pied, et une centaine d'hommes vigoureux balançaient dans l'obscurité les faibles lueurs de leurs lanternes vacillantes. Ils se formèrent en groupes de trois ou quatre, pour s'échelonner plus facilement le long du chemin, et emboîtèrent rapidement le pas des guides. Bientôt, ils arrivèrent à la maisonnette des Hogan.

— Passez-moi une lanterne, dit Archy.

Il la posa sur la terre durcie et s'agenouilla en ayant l'air d'examiner le sol attentivement.

— Voilà sa trace, dit-il en indiquant du doigt deux ou trois marques sur le sol. La voyez-vous ?

Quelques-uns d'entre les mineurs s'agenouillèrent et écarquillèrent leurs yeux pour mieux voir. Les uns s'imaginèrent apercevoir quelque chose, les autres durent avouer, en secouant la tête de dépit, que la surface très unie ne portait aucune marque perceptible à leurs yeux.

— Il se peut, dit l'un, que le pied de l'enfant ait laissé son empreinte, mais je ne la vois pas.

Le jeune Stillmann sortit, tenant toujours la lampe près de la terre ; il tourna à gauche, et avança de quelques pas en examinant le sol soigneusement.

— Je tiens la trace, venez maintenant, et que quelqu'un prenne la lanterne.

Il se mit en route, d'un pas allègre, dans la direction du Sud, escorté par les curieux, et suivit, en décrivant des courbes, toutes les sinuosités de la gorge pendant une lieue environ. Ils arrivèrent à une plaine couverte de sauges, vaste et obscure. Stillmann commanda : Halte, ajoutant :

— Il ne s'agit pas de partir sur une fausse piste, orientons-nous de nouveau dans la bonne direction.

Il reprit la lanterne et examina la route sur une longueur de vingt mètres environ.

— Venez, dit-il, tout va bien.

Il se remit en route, fouillant les buissons de sauge, pendant un quart de mille et obliquant toujours à droite ; puis il prit une autre direction, fit un grand circuit, repartit droit devant lui et marcha résolument vers l'ouest pendant un demi-mille. Il s'arrêta, disant :

— Elle s'est reposée ici, la pauvre petite. Tenez la lanterne et regardez ; c'est là qu'elle s'est assise.

A cet endroit, le sol était net comme une plaque d'acier et il fallait une certaine audace pour prétendre reconnaître sur ce miroir uni la moindre trace révélatrice. La malheureuse mère, reprise de découragement, tomba à genoux, baisant la terre et sanglotant.

— Mais où est-elle alors ? demanda quelqu'un. Elle n'est pourtant pas restée ici ; nous la verrions, je pense.

Stillmann continua à tourner en rond sur place, sa lanterne à la main ; il paraissait absorbé dans ses recherches.

— Eh bien ! dit-il, sur un ton maussade. Je ne comprends plus.

Il examina encore.

— Il n'y a pas à en douter, elle s'est arrêtée ici, mais elle n'en est pas repartie. J'en réponds ! Reste à trouver l'énigme.

La pauvre mère se désolait de plus en plus.

— Oh ! mon Dieu ! et vous Vierge Marie ! venez à mon aide ! Quelque animal l'a emportée ! C'est fini ! je ne la reverrai jamais, jamais plus !

— Ne perdez pas espoir, madame, lui dit Archy. Nous la retrouverons, ne vous découragez pas.

— Dieu vous bénisse pour ces bonnes paroles de consolation, monsieur Archy, et elle prit sa main quelle couvrit de baisers.

Peterson, le dernier arrivé, chuchota avec ironie à l'oreille de Ferguson :

— En voilà une merveille d'avoir découvert cet endroit. Vraiment pas la peine de venir si loin, tout de même ; le premier coin venu nous en aurait appris autant. Nous voilà bien renseignés, maintenant !

L'insinuation n'était pas du goût de Ferguson, qui répondit sur un ton emballé :

— Vous allez peut-être chercher à nous faire croire que l'enfant n'est pas venue ici ? Je vous déclare que cette petite a passé par ici ; si vous voulez vous attirer de sérieux ennuis, vous n'avez qu'à...

— Tout va bien ! cria Stillmann. Venez tous ici et regardez bien. La trace nous crevait les yeux et nous n'y avons rien vu les uns et les autres.

Tous s'accroupirent avec ensemble à l'endroit supposé où l'enfant avait dû s'asseoir et se mirent à écarquiller les yeux en fixant le point désigné par le doigt d'Archy. Après une pause suivie de profonds soupirs de découragement, Pat Riley et Ham Sandwich répondirent ensemble :

— Eh bien, Archy ? Nous n'avons rien vu !

— Rien ? vous appelez cela rien ?

Et avec son doigt il fit sur le sol un signe cabalistique.

— Là, la reconnaissez-vous maintenant la trace d'Injin Billy ? C'est lui qui a l'enfant.

— Dieu soit loué ! s'écria la mère.

— Reprenez la lanterne. Je tiens de nouveau la bonne direction. Suivez-moi.

Il partit comme un trait, traversant rapidement les buissons de sauge, puis disparut derrière un monticule de sable ; les autres avaient peine à suivre : ils le rejoignirent et le retrouvèrent assis tranquillement en train de les attendre. A dix pas plus loin on apercevait une hutte misérable, un pauvre abri informe, fait de vieux chiffons et de couvertures de chevaux en loques qui laissaient filtrer une lumière à peine tamisée.

— Prenez le commandement, Mrs Hogan, dit le jeune homme. Vous avez le droit d'entrer la première.

Tous la suivirent et purent voir le spectacle qu'offrait l'intérieur de cette hutte : Injin Billy était assis par terre, l'enfant dormait à côté de lui. Sa mère la prit dans ses bras et l'étouffa de caresses ; son cœur débordait de reconnaissance pour Archy Stillmann ; elle pleurait à chaudes larmes. D'une voix étranglée par l'émotion, elle laissa échapper un flot de ces paroles attendries, de ces accents chauds et ardents que seul peut trouver un cœur irlandais.

— Je l'ai trouvée vers dix heures, expliqua Billy. Elle s'était endormie, très fatiguée, la figure humectée de larmes, je suppose ; je l'ai ramenée ici, et l'ai nourrie, car elle mourait de faim ; depuis ce moment elle n'a cessé de dormir.

Dans un élan de reconnaissance sans bornes, l'heureuse femme l'embrassa lui aussi, l'appelant « le Messager du ciel ». En admettant qu'il soit un messager du ciel, il était certainement un ange déguisé et grimé, car son accoutrement bizarre n'avait rien de séraphique.

A une heure et demie du matin, le cortège rentra au village en chantant un refrain triomphal et en brandissant des torches ; c'était une vraie retraite aux flambeaux. Ils n'oublièrent pas de boire tout le long de la route et, pour tuer les dernières heures de cette nuit mouvementée, ils s'entassèrent au bar en attendant le jour.

DEUXIÈME PARTIE

I

SHERLOCK HOLMÈS ENTRE EN SCÈNE

Le jour suivant, une rumeur sensationnelle circula au village. Un étranger de haute marque, à l'air grave et imposant, à la tournure très distinguée, venait d'arriver à l'auberge. Il avait inscrit sur le registre le nom magique de :

SHERLOCK HOLMÈS

La nouvelle se répandit de hutte en hutte, de bouche en bouche dans la mine ; chacun planta là ses outils pour courir aux vrais renseignements. Un mineur qui passait par la partie Sud du village annonça la nouvelle à Pat Riley, dont la concession touchait à celle de Flint Buckner. Fetlock Jones parut très affecté de cet événement et murmura même :

— L'oncle Sherlock ! Quelle guigne !

Il arrive juste au moment où... Puis il se mit à rêvasser, se disant à lui-même :

— Après tout, pourquoi avoir peur de lui ? Tous ceux qui le connaissent comme moi, savent bien qu'il n'est capable de découvrir un crime qu'autant qu'il a pu préparer son plan à l'avance, classer ses arguments et accumuler ses preuves.

Au besoin il se procure (moyennant finances) un complice de bonne volonté qui exécute le crime point par point comme il l'a prévu !... Eh bien ! cette fois Sherlock sera très embarrassé ; il manquera de preuve et n'aura rien pu préparer. Quant à moi, tout est prêt. Je me garderai bien de différer ma vengeance... non certainement pas ! Flint Buckner quittera ce bas monde cette nuit et pas plus tard, c'est décidé !

Puis il réfléchit :

— L'oncle Sherlock va vouloir, ce soir, causer avec moi de notre famille ; comment arriverai-je à m'esquiver de lui ? Il faut absolument que je sois dans ma cabine vers huit heures, au moins pour quelques instants.

Ce point était embarrassant et le préoccupait fort. Mais une minute de réflexion lui donna le moyen de tourner la difficulté.

— Nous irons nous promener ensemble et je le laisserai seul sur la route une seconde pendant laquelle il ne verra pas ce que je ferai : le meilleur moyen d'égarer un policier est de le conserver auprès de soi quand on prépare un coup. Oui, c'est bien le plus sûr, je l'emmènerai avec moi.

Pendant ce temps, la route était encombrée, aux abords de la taverne, par une foule de gens qui espéraient apercevoir le grand homme. Mais Holmès s'obstinait à rester enfermé dans sa chambre et ne paraissait pas au plus grand désappointement des curieux. Ferguson, Jake Parker le forgeron, et Ham Sandwich, seuls, eurent plus de chance. Ces fanatiques admirateurs de l'habile policier louèrent la pièce de l'auberge qui servait de débarras pour les bagages et qui donnait au-dessus d'un passage étroit sur la chambre de Sherlock Holmès ; ils s'y embusquèrent et pratiquèrent quelques judas dans les persiennes.

Les volets de M. Holmès étaient encore fermés, mais il les ouvrit bientôt. Ses espions tressaillirent de joie et d'émotion lorsqu'ils se trouvèrent face à face avec l'homme célèbre qui étonnait le monde par son génie vraiment surnaturel. Il était assis là devant eux, en personne, en chair et en os, bien vivant. Il n'était plus un mythe pour eux et ils pouvaient presque le toucher en allongeant le bras.

— Regarde-moi cette tête, dit Ferguson d'une voix tremblante d'émotion. Grand Dieu ! Quelle physionomie !

— Oh oui, répondit le forgeron d'un air convaincu, vois un peu ses yeux et son nez ! Quelle intelligente et éveillée physionomie il a !

— Et cette pâleur ! reprit Ham Sandwich, qui est la caractéristique de son puissant cerveau et l'image de sa nette pensée.

— C'est vrai : ce que nous prenons pour la pensée n'est souvent qu'un dédale d'idées informes.

— Tu as raison, Well-Fargo ; regarde un peu ce pli accusé au milieu de son front ; c'est le sillon de la pensée, il l'a creusé à force de descendre au plus profond des choses. Tiens je parie qu'en ce moment il rumine quelque idée dans son cerveau infatigable.

— Ma foi oui, on le dirait ; mais regarde donc cet air grave, cette solennité impressionnante ! On dirait que chez lui l'esprit absorbe le corps ! Tu ne te trompes pas tant, en lui prêtant les facultés d'un pur esprit ; car il est déjà mort quatre fois, c'est un fait avéré : il est mort trois fois naturellement et une fois accidentellement. J'ai entendu dire qu'il exhale une odeur d'humidité glaciale et qu'il sent le tombeau ; on dit même que...

— Chut, tais-toi et observe-le. Le voilà qui encadre son front entre le pouce et l'index, je parie qu'en ce moment il est en train de creuser une idée.

— C'est plus que probable. Et maintenant il lève les yeux au ciel en caressant sa moustache distraitement. Le voilà debout ; il classe ses arguments en les comptant sur les doigts de sa main gauche avec l'index droit, vois-tu ? Il touche d'abord l'index gauche, puis le médium, ensuite l'annulaire.

— Tais-toi !

— Regarde son air courroucé ! Il ne trouve pas la clef de son dernier argument, alors il...

— Vois-le sourire maintenant d'un rire félin ; il compte rapidement sur ses doigts sans la moindre nervosité. Il est sûr de son affaire ; il tient le bon bout. Cela en a tout l'air ! J'aime autant ne pas être celui qu'il cherche à dépister.

M. Holmès approcha sa table de la fenêtre, s'assit en tournant le dos aux deux observateurs et se mit à écrire. Les jeunes gens quittèrent leur cachette, allumèrent leurs pipes et s'installèrent confortablement pour causer. Ferguson commença avec conviction :

— Ce n'est pas la peine d'en parler. Cet homme est un prodige, tout en lui le trahit.

— Tu n'as jamais mieux parlé, Well-Fargo, répliqua Parquer. Quel dommage qu'il n'ait pas été ici hier soir au milieu de nous !

— Mon Dieu oui, répliqua Ferguson. Du coup, nous aurions assisté à une séance scientifique, à une exhibition d'« intellectualité toute pure », la plus élevée qu'on puisse rêver. Archy est déjà bien étonnant et nous aurions grand tort de chercher à diminuer son talent, mais la faculté qu'il possède n'est qu'un don visuel : il a, me semble-t-il, l'acuité de regard de la chouette. C'est un don naturel, un instinct inné, où la science n'entre pas en jeu. Quant au caractère surprenant du don d'Archy, il ne peut être nullement comparé au génie de Sherlock Holmès, pas plus que... Tiens, laisse-moi te dire ce qu'aurait fait Holmès dans cette circonstance. Il se serait rendu tout bonnement chez les Hogan et aurait simplement regardé autour de lui dans la maison. Un seul coup d'œil lui suffit pour tout voir jusqu'au moindre détail ; en cinq minutes il en saurait plus long que les Hogan en sept ans. Après sa courte inspection, il se serait assis avec calme et aurait posé des questions à Mme Hogan... Dis donc, Ham, imagine-toi que tu es Mme Hogan ; je t'interrogerai, et tu me répondras.

— Entendu, commence.

— Permettez, Madame, s'il vous plaît. Veuillez prêter une grande attention à ce que je vais vous demander : Quel est le sexe de l'enfant ?

— Sexe féminin, Votre Honneur.

— Hum ! féminin, très bien ! très bien ! L'âge ?

— Six ans passés.

— Hum ! jeune... faible... deux lieues. La fatigue a dû se faire sentir. Elle se sera assise, puis endormie. Nous la trouverons au bout de deux lieues au plus. Combien de dents ?

— Cinq, Votre Honneur, et une sixième en train de pousser.

— Très bien, très bien, parfait ! — Vous voyez, jeunes gens, il ne laisse passer aucun détail et s'attache à ceux qui paraissent les plus petites vétilles. — Des bas, madame, et des souliers ?

— Oui, Votre Honneur, les deux.

— En coton, peut-être ? en maroquin ?

— Coton, Votre Honneur, et cuir.

— Hum ! cuir ? Ceci complique la question. Cependant, continuons ; nous nous en tirerons. Quelle religion ?

— Catholique, Votre Honneur.

— Très bien, coupez-moi un morceau de la couverture de son lit, je vous prie. Merci !

Moitié laine, et de fabrication étrangère. Très bien. Un morceau de vêtement de l'enfant, s'il vous plaît ? Merci, en coton et déjà pas mal usagé. Un excellent indice, celui-ci. Passez-moi, je vous prie, une pelletée de poussière ramassée dans la chambre. Merci ! oh ! grand merci !

Admirable, admirable ! Maintenant, nous tenons le bon bout, je crois. Vous le voyez, jeunes gens, il a en main tous les fils et se déclare pleinement satisfait. Après cela, que fera cet homme prodigieux ? Il étalera les lambeaux d'étoffe et cette poussière sur la table, et il rapprochera ces objets disparates et les examinera en se parlant à voix basse et en les palpant délicatement :

« Féminin, six ans, cinq dents, plus une sixième qui pousse ; catholique. Coton, cuir ! Que le diable emporte ce cuir ! » Puis il range le tout, lève les yeux vers le ciel, passe la main dans ses cheveux, la repasse nerveusement en répétant : « Au diable, le cuir ! » Il se lève alors, fronce le sourcil et récapitule ses arguments en comptant sur ses doigts ; il s'arrête à l'annulaire, une minute seulement, puis sa physionomie s'illumine d'un sourire de satisfaction. Il se lève alors, résolu et majestueux, et dit à la foule : « Que deux d'entre vous prennent une lanterne et s'en aillent chez Injin Billy, pour y chercher l'enfant, les autres n'ont qu'à rentrer se coucher. Bonne nuit, bonne nuit, jeunes gens ! » Et ce disant, il aurait salué l'assistance d'un air solennel, et quitté l'auberge.

Voilà sa manière de procéder. Elle est unique dans son genre, scientifique et intelligente ; un quart d'heure lui suffit et il n'a pas besoin de fouiller les buissons et les routes pendant des heures entières au milieu d'une population effarée et tumultueuse.

Messieurs, qu'en dites-vous ? Avez-vous compris son procédé ?

— C'est prodigieux, en vérité, répondit Ham Sandwich. Well-Fargo, tu as merveilleusement compris le caractère de cet homme, ta description vaut celle d'un livre, du livre le mieux fait du monde. Il me semble le voir et l'entendre. N'est-ce pas votre avis, Messieurs ?

— C'est notre avis. Ce topo descriptif d'Holmès vaut une photographie et une fameuse !

Ferguson était ravi de son succès ; l'approbation générale de ses camarades le rendait triomphant. Il restait assis tranquille et silencieux pour savourer son bonheur.

Il murmura pourtant, d'une voix inquiète :

— C'est à se demander comment Dieu a pu créer un pareil phénomène.

Au bout d'un moment Ham Sandwich répondit :

— S'il l'a créé, il a dû s'y prendre à plusieurs fois, j'imagine !

II

Vers huit heures du soir, à la fin de ce même jour, par une nuit brumeuse, deux personnes marchaient à tâtons du côté de la hutte de Flint Buckner. C'était Sherlock Holmès et son neveu.

— Attendez-moi un instant sur le chemin, mon oncle, je vous prie, dit Fetlock ; je cours à ma hutte, j'en ai pour deux minutes à peine.

Il demanda quelque chose à son oncle qui le lui donna et disparut dans l'obscurité ; mais il fut bientôt de retour, et leur causerie reprit son cours avec leur promenade. A neuf heures, leur marche errante les avait ramenés à la taverne. Ils se frayèrent un chemin jusqu'à la salle de billard, où une foule compacte s'était groupée dans l'espoir d'apercevoir l'« Homme Illustre ». Des vivats frénétiques l'accueillirent ; M. Holmès remercia en saluant aimablement et au moment où il sortit, son neveu s'adressa à l'assemblée, disant :

— Messieurs, mon oncle Sherlock a un travail pressant à faire qui le retiendra jusqu'à minuit ou une heure du matin, mais il reviendra dès qu'il pourra, et espère bien que quelques-uns d'entre vous seront encore ici pour trinquer avec lui.

— Par saint Georges ! Quel généreux seigneur !

— Mes amis ! Trois vivats à Sherlock Holmès, le plus grand homme qui ait jamais vécu, cria Ferguson. « Hip, hip, hip !! ! » « Hurrah ! hurrah ! hurrah ! »

— Ces clameurs tonitruantes secouèrent la maison, tant les jeunes gens mettaient de cœur à leur réception. Arrivé dans sa chambre, Sherlock dit à son neveu, sans mauvaise humeur :

— Que diable ! Pourquoi m'avez-vous mis cette invitation sur les bras ?

— Je pense que vous ne voulez pas vous rendre impopulaire, mon oncle ? Il serait fâcheux de ne pas vous attirer les bonnes grâces de tout ce camp de mineurs. Ces gars vous admirent ; mais si vous partiez sans trinquer avec eux, ils prendraient votre abstention pour du « snobisme ». Et du reste, vous nous avez dit que vous aviez une foule de choses à nous raconter, de quoi nous tenir éveillés une partie de la nuit.

Le jeune homme avait raison et faisait preuve de bon sens. Son oncle le reconnut. Il servait en même temps ses propres intérêts et fit cette réflexion pratique dans son for intérieur :

— Mon oncle et les mineurs vont être fameusement commodes pour me créer un alibi qui ne pourra être contesté.

L'oncle et le neveu causèrent dans leur chambre pendant trois heures. Puis, vers minuit, Fetlock descendit seul, se posta dans l'obscurité à une douzaine de pas de la taverne et attendit. Cinq minutes après, Flint Buckner sortait en se dandinant de la salle de billard, il l'effleura presque de l'épaule en passant. « Je le tiens », pensa le jeune garçon.

Et il se dit à lui-même, en suivant des yeux l'ombre de la silhouette : « Adieu, mon ami, adieu pour tout de bon, Flint Buckner ! Tu as traité ma mère de... c'est très bien, mais rappelle-toi que tu fais aujourd'hui ta dernière promenade ! »

Il rentra, sans se presser, à la taverne, en se faisant cette réflexion : « Il est un peu plus de minuit, encore une heure à attendre ; nous la passerons avec les camarades... ce sera fameux pour l'alibi. »

Il introduisit Sherlock Holmès dans la salle de billard qui était comble de mineurs, tous impatients de le voir arriver. Sherlock commanda les boissons, et la fête commença. Tout le monde était content et de bonne humeur ; la glace fut bientôt rompue. Chansons, anecdotes, boissons se succédèrent (les minutes elles aussi se passaient).

A une heure moins six la gaieté était à son comble :

Boum ! un bruit d'explosion suivi d'une commotion.

Tous se turent instantanément. Un roulement sourd arrivait en grondant du côté de la colline ; l'écho se répercuta dans les sinuosités de la gorge et vint mourir près de la taverne. Les hommes se précipitèrent à la porte, disant :

— Quelque chose vient de sauter.

Au dehors une voix criait dans l'obscurité :

— C'est en bas dans la gorge, j'ai vu la flamme.

La foule se porta de ce côté : tous, y compris Holmès, Fetlock, Archy Stillmann. Ils firent leur mille en quelques minutes. A la lumière d'une lanterne, ils reconnurent l'emplacement en terre battue où s'élevait la hutte de Flint Buckner ; de la cabine elle-même, il ne restait pas un vestige, pas un chiffon, pas un éclat de bois. Pas trace non plus de Flint. On le chercha tout autour ; tout à coup quelqu'un cria :

— Le voilà !

C'était vrai. A cinquante mètres plus bas, ils l'avaient trouvé ou plutôt ils avaient découvert une masse informe et inerte qui devait le représenter. Fetlock Jones accourut avec les autres et regarda.

L'enquête fut l'affaire d'un quart d'heure. Ham Sandwich, chef des jurés, rendit le verdict, sous une forme plutôt primitive qui ne manquait pas d'une certaine grâce littéraire, et sa conclusion établit que le défunt s'était donné la mort ou bien qu'il fallait l'attribuer à une ou plusieurs personnes inconnues du jury ; il ne laissait derrière lui ni famille, ni héritage ; pour tout inventaire une hutte qui avait sauté en l'air. Que Dieu ait pitié de lui ! C'était le vœu de tous.

Après cette courte oraison funèbre, le jury s'empressa de rejoindre le gros de la foule où se trouvait l'attraction générale personnifiée dans Sherlock Holmès. Les mineurs se tenaient en demi-cercle en observant un silence respectueux ; au centre de ce demi-cercle, se trouvait l'emplacement de la hutte maintenant détruite. Dans cet espace vide s'agitait Holmès, l'homme prodigieux, assisté de son neveu qui portait une lanterne. Il prit avec un ruban d'arpentage les mesures des fondations de la hutte, releva la distance des ajoncs à la route, la hauteur des buissons d'ajoncs et prit encore d'autres mesures.

Il ramassa un chiffon d'un côté, un éclat de bois d'un autre, une pincée de terre par ici, les considéra attentivement et les mit de côté avec soin. Il détermina la longitude du lieu au moyen d'une boussole de poche en évaluant à deux secondes les variations magnétiques. Il prit l'heure du Pacifique à sa montre et lui fit subir la correction de l'heure locale. Il mesura à grands pas la distance de l'emplacement de la hutte au cadavre en tenant compte de la différence de la marée. Il nota l'altitude, la température avec un anéroïde et un thermomètre de poche. Enfin, il déclara magistralement en saluant de la tête :

— C'est fini, vous pouvez rentrer, messieurs !

Il prit la tête de la colonne pour regagner la taverne, suivi de la foule qui commentait cet événement et vouait à l'« homme prodigieux » un vrai culte d'admiration, tout en cherchant à deviner l'origine et l'auteur de ce drame.

— Savez-vous, camarades, que nous pouvons nous estimer heureux d'avoir Sherlock au milieu de nous ? dit Ferguson.

— C'est vrai, voilà peut-être le plus grand événement du siècle ! reprit Ham Sandwich. Il fera le tour du monde, souvenez-vous de ce que je vous dis.

— Parions ! dit Jake Parker le Forgeron, qu'il va donner un grand renom au camp. N'est-ce pas votre avis, Well-Fargo ?

— Eh bien, puisque vous voulez mon opinion là-dessus je puis vous dire ceci :

Hier, j'aurais vendu ma concession sans hésiter à deux dollars le pied carré ; aujourd'hui, je vous réponds que pas un d'entre vous ne la vendrait à seize dollars.

— Vous avez raison, Well-Fargo ! Nous ne pouvions pas rêver un plus grand bonheur pour le camp. Dites donc, l'avez-vous vu collectionner ces chiffons, cette terre, et le reste ? Quel œil il a ! Il ne laisse échapper aucun détail ; il veut tout voir, c'est plus fort que lui.

— C'est vrai ! Et ces détails qui paraissent des niaiseries au commun des mortels, représentent pour lui un livre grand ouvert imprimé en gros caractères. Soyez bien persuadés que ces petits riens recèlent de mystérieux secrets ; ils ont beau croire que personne ne pourra les leur arracher ; quand Sherlock y met la main, il faut qu'ils parlent, qu'ils rendent gorge.

— Camarades, je ne regrette plus qu'il ait manqué la partie de chasse à l'enfant ; ce qui vient de se passer ici est beaucoup plus intéressant et plus complexe ; Sherlock va pouvoir étaler devant nous son art et sa science dans toute leur splendeur.

Inutile de dire que nous sommes tous contents de la façon dont l'enquête a tourné.

— Contents ! Par saint Georges ! ce n'est pas assez dire !

Archy aurait mieux fait de rester avec nous et de s'instruire en regardant comment Sherlock procède. Mais non, au lieu de cela, il a perdu son temps à fourrager dans les buissons et il n'a rien vu du tout.

— Je suis bien de ton avis, mais que veux-tu ; Archy est jeune. Il aura plus d'expérience un peu plus tard.

— Dites donc, camarades, qui, d'après vous, a fait le coup ?

La question était embarrassante ; elle provoqua une série de suppositions plus ou moins plausibles. On désigna plusieurs individus considérés comme capables de commettre cet acte, mais ils furent éliminés un à un. Personne, excepté le jeune Hillyer, n'avait vécu dans l'intimité de Flint Buckner ; personne ne s'était réellement pris de querelle avec lui ; il avait bien eu des différends avec ceux qui essayaient d'assouplir son caractère, mais il n'en était jamais venu à des disputes pouvant amener une effusion de sang. Un nom brûlait toutes les langues depuis le début de la conversation, mais on ne le prononça qu'en dernier ressort : c'était celui de Fetlock Jones. Pat Riley le mit en avant.

— Ah ! oui, dirent les camarades. Bien entendu nous avons tous pensé à lui, car il avait un million de raisons pour tuer Flint Buckner ; j'ajoute même que c'était un devoir pour lui, mais tout bien considéré, deux choses nous surprennent : d'abord, il ne devait pas hériter du terrain ; ensuite, il était éloigné de l'endroit où s'est produite l'explosion.

— Parfaitement, dit Pat. Il était dans la salle de billard avec nous au moment de l'explosion. Et il y était même une heure avant.

— C'est heureux pour lui ; sans cela on l'aurait immédiatement soupçonné.

III

Les meubles de la salle à manger de la taverne avaient été enlevés, à l'exception d'une longue table de sapin et d'une chaise. On avait repoussé la table dans un coin et posé la chaise par-dessus.

Sherlock Holmès était assis sur cette chaise, l'air grave, imposant et presque impressionnant. Le public se tenait debout et remplissait la salle. La fumée du tabac obscurcissait l'air et l'assistance observait un silence religieux.

Sherlock Holmès leva la main pour concentrer sur lui l'attention du public et il la garda en l'air un moment ; puis, en termes brefs, saccadés, il posa une série de questions, soulignant les réponses de « Hums » significatifs et de hochements de tête ; son interrogatoire fut très minutieux et porta sur tout ce qui concernait Flint Buckner : son caractère, sa conduite, ses habitudes et l'opinion que les gens avaient de lui. Il comprit bien vite que son propre neveu était le seul dans le camp qui eût pu vouer à Flint Buckner une haine mortelle. M. Holmès accueillit ces témoignages avec un sourire de pitié et demanda sur un ton indifférent :

— Y a-t-il quelqu'un parmi vous, messieurs, qui puisse dire où se trouvait votre camarade Fetlock Jones au moment de l'explosion ?

Tous répondirent en chœur : « Ici même. »

— Depuis combien de temps y était-il ? demanda M. Holmès.

— Depuis une heure environ.

— Bon ! une heure à peu près ? Quelle distance sépare cet endroit du théâtre de l'explosion ?

— Une bonne lieue.

— Ceci est un alibi, il est vrai, mais médiocre.

Un immense éclat de rire accueillit cette réflexion. Tous se mirent à crier : ma parole, voilà qui est raide ! vous devez regretter maintenant, Sandy, ce que vous venez de dire ?

Le témoin confus baissa la tête en rougissant et parut consterné du résultat de sa déposition.

— La connexion quelque peu douteuse entre le nommé Jones et cette affaire (rires) ayant été examinée, reprit Holmès, appelons maintenant les témoins oculaires de la tragédie et interrogeons-les.

Il exhiba ses fragments révélateurs et les rangea sur une feuille de carton étalée sur ses genoux. Toute la salle retenait sa respiration et écoutait.

— Nous possédons la longitude et la latitude avec la correction des variations magnétiques et nous connaissons ainsi le lieu exact du drame. Nous avons l'altitude, la température et l'état hygrométrique du lieu ; ces renseignements sont pour nous des plus précieux, puisqu'ils nous permettent d'estimer avec précision le degré de l'influence que ces conditions spéciales ont pu exercer sur l'humeur et la disposition d'esprit de l'assassin à cette heure de la nuit. (Brouhaha d'admiration, réflexions chuchotées. Par saint Georges, quelle profondeur d'esprit !)

Holmès saisit entre ses doigts les pièces à conviction.

— Et maintenant, demandons à ces témoins muets de nous dire ce qu'ils savent :

Voici un sac de toile vide. Que nous révèle-t-il ? Que le mobile du crime a été le vol et non la vengeance. Qu'indique-t-il encore ? Que l'assassin était d'une intelligence médiocre ou, si vous préférez, d'un esprit léger et peu réfléchi ? Comment le savons-nous ? Parce qu'une personne vraiment intelligente ne se serait pas amusée à voler Buckner, un homme qui n'avait jamais beaucoup d'argent sur lui. Mais l'assassin aurait pu être un étranger ? Laissez encore parler le sac. J'en retire cet objet : c'est un morceau de quartz argentifère. C'est singulier. Examinez-le, je vous prie, chacun à tour de rôle.

Maintenant rendez-le-moi, s'il vous plaît.

Il n'existe dans ce district qu'un seul filon qui produise du quartz exactement de cette espèce et de cette couleur. Ce filon rayonne sur une longueur d'environ deux milles et il est destiné, d'après ma conviction, à conférer à cet endroit dans un temps très rapproché une célébrité qui fera le tour du monde ; les deux cents propriétaires qui se partagent son exploitation acquerront des richesses qui surpassent tous les rêves de l'avarice. Désignez-moi ce filon par son nom, je vous prie.

« La Science chrétienne consolidée et Mary-Ann ! » lui répondit-on sans hésiter.

Une salve frénétique de hurrahs retentit aussitôt, chaque homme prit le fragment des mains de son voisin et le serra avec des larmes d'attendrissement dans les yeux ; Well-Fargo et Ferguson s'écrièrent :

— Le « Flush » est sur le filon et la cote monte à cent cinquante dollars le pied. Vous m'entendez !

Lorsque le calme fut revenu, Holmès reprit :

— Nous constatons donc que trois faits sont nettement établis, savoir : que l'assassin était d'un esprit léger, qu'il n'était pas étranger ; que son mobile était le vol et non la vengeance. Continuons. Je tiens dans ma main un petit fragment de mèche qui conserve encore l'odeur récente du feu. Que prouve-t-il ? Si je rapproche ce fragment de mèche de l'évidence du quartz, j'en conclus que l'assassin est un mineur. Je dis plus, Messieurs, j'affirme que l'assassinat a été commis en recourant à l'explosion. Je crois pouvoir avancer que l'engin explosif a été posé sur le côté de la hutte qui borde la route à peu près au milieu, car je l'ai trouvé à six pieds de ce point.

Je tiens dans mes doigts une allumette suédoise, de l'espèce de celles qu'on frotte sur les boîtes de sûreté. Je l'ai trouvée sur la route, à six cent vingt-deux pieds de la case détruite ; que prouve-t-elle ? Que la mèche a été allumée à ce même endroit. J'ajoute que l'assassin était gaucher. Vous allez me demander à quel signe je le vois. Il me serait impossible de vous l'expliquer, Messieurs, car ces indices sont si subtils, que seules une longue expérience et une étude approfondie peuvent rendre capable de les percevoir. Mais, les preuves restent là ; elles sont encore renforcées par un fait que vous avez dû remarquer souvent dans les grands récits policiers, c'est que tous les assassins sont gauchers.

— Ma parole, c'est vrai, dit Ham Sandwich en se frappant bruyamment la cuisse de sa lourde main ; du diable si j'y avais pensé avant.

— Ni moi non plus, crièrent les autres ; rien ne peut décidément échapper à cet œil d'aigle.

— Messieurs, malgré la distance qui séparait l'assassin de sa victime, le premier n'est pas demeuré entièrement sain et sauf. Ce débris de bois que je vous présente maintenant a atteint l'assassin en l'égratignant jusqu'au sang. Il porte certainement sur son corps la marque révélatrice de l'éclat qu'il a reçu. Je l'ai ramassé à l'endroit où il devait se tenir lorsqu'il alluma la mèche fatale.

Il regarda l'auditoire du haut de son siège élevé, et son attitude s'assombrit immédiatement : levant lentement la main, il désigna du doigt un assistant en disant :

— Voici l'assassin !

A cette révélation, l'assistance fut frappée de stupeur puis vingt voix s'élevèrent criant à la fois :

— Sammy Hillyer ? Ah ! diable, non ! Lui ? C'est de la pure folie !

— Faites attention, Messieurs, ne vous emportez pas ! regardez : il porte au front la marque du sang !

Hillyer devint blême de peur. Prêt à éclater en sanglots, il se tourna vers l'assistance en cherchant sur chaque visage de l'aide et de la sympathie ; il tendit ses mains suppliantes vers Holmès, et implora sa pitié disant :

— De grâce, non, de grâce ! ce n'est pas moi, je vous en donne ma parole d'honneur. Cette blessure que j'ai au front vient de...

— Arrêtez-le, agent de police, cria Holmès. Je vous en donne l'ordre formel.

L'agent s'avança à contre-cœur, hésita, et s'arrêta.

Hillyer jeta un nouvel appel.

— Oh ! Archy, ne les laissez pas faire ; ma mère en mourrait ! Vous savez d'où vient cette blessure. Dites-le-leur et sauvez-moi. Archy, sauvez-moi !

Stillmann perça la foule et dit :

— Oui, je vous sauverai. N'ayez pas peur.

Puis s'adressant à l'assemblée :

— N'attachez aucune importance à cette cicatrice, qui n'a rien à voir avec l'affaire qui nous occupe.

— Dieu vous bénisse, Archy, mon cher ami !

— Hurrah pour Archy, camarades ! cria l'assemblée.

Tous mouraient d'envie de voir innocenter leur compatriote Sammy ; ce loyal sentiment était d'ailleurs très excusable dans leur cœur.

Le jeune Stillmann attendit que le calme se fût rétabli, puis il reprit :

— Je prierai Tom Jeffries de se tenir à cette porte et l'agent Harris de rester à l'autre en face, ils ne laisseront sortir personne.

Aussitôt dit, aussitôt fait.

— Le criminel est parmi nous, j'en suis persuadé. Je vous le prouverai avant longtemps, si, comme je le crois, mes conjectures sont exactes. Maintenant, laissez-moi vous retracer le drame du commencement jusqu'à la fin :

Le mobile n'était pas le vol, mais la vengeance, le meurtrier n'était pas un esprit léger. Il ne se tenait pas éloigné de six cent vingt-deux pieds. Il n'a pas été atteint par un éclat de bois. Il n'a pas posé l'explosif contre la case. Il n'a pas apporté un sac avec lui. J'affirme même qu'il n'est pas gaucher. A part cela, le rapport de notre hôte distingué sur cette affaire est parfaitement exact.

Un rire de satisfaction courut dans l'assemblée ; chacun se faisait signe de la tête et semblait dire à son voisin : « Voilà le fin mot de l'histoire : Archy Stillmann est un brave garçon, un bon camarade ! Il n'a pas baissé pavillon devant Sherlock Holmès. » La sérénité de ce dernier ne paraissait nullement troublée. Stillmann continua :

— Moi aussi, j'ai des témoins oculaires et je vous dirai tout à l'heure où vous pouvez en trouver d'autres.

Il exhiba un morceau de gros fil de fer. La foule tendit le cou pour voir.

— Il est recouvert d'une couche de suif fondu. Et voici une bougie qui est brûlée jusqu'à moitié. L'autre moitié porte des traces d'incision sur une longueur de trois centimètres. Dans un instant, je vous dirai où j'ai trouvé ces objets. Pour le moment, je laisserai de côté les raisonnements, les arguments, les conjectures plus ou moins enchevêtrées, en un mot toute la mise en scène qui constitue le bagage du « détective », et je vous dirai, dans des termes très simples et sans détours, comment ce lamentable événement est arrivé.

Il s'arrêta un moment pour juger de l'effet produit et pour permettre à l'assistance de concentrer sur lui toute son attention.

— L'assassin, reprit-il, a eu beaucoup de peine à arrêter son plan, qui était d'ailleurs bien compris et très ingénieux ; il dénote une intelligence véritable et pas du tout un esprit faible. C'est un plan parfaitement combiné pour écarter tout soupçon de son auteur. Il a commencé par marquer des points de repère sur une bougie de trois en trois centimètres, il l'a allumée en notant le temps qu'elle mettait à brûler. Il trouva ainsi qu'il fallait trois heures pour en brûler douze centimètres. Je l'ai moi-même expérimenté là-haut pendant une demi-heure, il y a un moment de cela, pendant que M. Holmès procédait à l'enquête sur le caractère et les habitudes de Flint Buckner. J'ai donc pu relever le temps qu'il faut à une bougie pour se consumer lorsqu'elle est protégée du vent. Après son expérience, l'assassin a éteint la bougie, je crois vous l'avoir déjà dit, et il en a préparé une autre.

Il fixa cette dernière dans un bougeoir de fer-blanc. Puis, à la division correspondante à la cinquième heure, il perça un trou avec un fil de fer rougi. Je vous ai déjà montré ce fil de fer recouvert d'une mince couche de suif ; ce suif provient de la fusion de la bougie.

Avec peine, grande peine même, il grimpa à travers les ajoncs qui couvrent le talus escarpé situé derrière la maison de Flint Buckner ; il traînait derrière lui un baril vide qui avait contenu de la farine. Il le cacha à cet endroit parfaitement sûr et plaça le bougeoir à l'intérieur. Puis il mesura environ trente-cinq pieds de mèche, représentant la distance du baril à la case. Il pratiqua un trou sur le côté du baril, et voici même la grosse vrille dont il s'est servi pour cela. Il termina sa préparation macabre, et quand tout fut achevé, un bout de la mèche aboutissait à la case de Buckner, l'autre extrémité, qui portait une cavité destinée à recevoir de la poudre, était placée dans le trou de la bougie ; la position de ce trou était calculée de manière à faire sauter la hutte à une heure du matin, en admettant que cette bougie ait été allumée vers huit heures hier soir et qu'un explosif relié à cette extrémité de la mèche ait été déposé dans la case. Bien que je ne puisse le prouver, je parie que ce dispositif a été adopté à la lettre.

Camarades, le baril est là dans les ajoncs, le reste de la bougie a été retrouvé dans le bougeoir de fer-blanc ; la mèche brûlée, nous l'avons reconnue dans le trou percé à la vrille ; l'autre bout est à l'extrémité de la côte, à l'emplacement de la case détruite. J'ai retrouvé tous ces objets, il y a une heure à peine pendant que maître Sherlock Holmès se livrait à des calculs plus ou moins fantaisistes et collectionnait des reliques qui n'avaient rien à voir avec l'affaire.

Il s'arrêta. L'auditoire en profita pour reprendre haleine, et détendre ses nerfs fatigués par une attention soutenue.

— Du diable, dit Ham Sandwich, en éclatant de rire, voilà pourquoi il s'est promené seul de son côté dans les ajoncs, au lieu de relever des points et des températures avec le professeur. Voyez-vous, camarades, Archy n'est pas un imbécile.

— Ah ! non, certes...

Mais Stillmann continua :

— Pendant que nous étions là-bas, il y a une heure ou deux, le propriétaire de la vrille et de la bougie d'essai les enleva de l'endroit où il les avait d'abord placées, la première cachette n'étant pas bonne ; il les déposa à un autre endroit qui lui paraissait meilleur, à deux cents mètres dans le bois de pins, et les cacha en les recouvrant d'aiguilles. C'est là que je les ai trouvées. La vrille est juste de la mesure du trou du baril. Quant à la...

Holmès l'interrompit, disant avec une certaine ironie :

— Nous venons d'entendre un très joli conte de fées, messieurs, certes très joli, seulement je voudrais poser une ou deux questions à ce jeune homme.

L'assistance parut impressionnée.

Ferguson marmotta :

— J'ai peur qu'Archy ne trouve son maître cette fois.

Les autres ne riaient plus, et paraissaient anxieux. Holmès prit donc la parole à son tour :

— Pénétrons dans ce conte de fées d'un pas sûr et méthodique, par progression géométrique, si je puis m'exprimer ainsi ; enchaînons les détails et montons à l'assaut de cette citadelle d'erreur (pauvre joujou de clinquant) en soutenant une allure ferme, vive et résolue. Nous ne rencontrons devant nous que l'élucubration fantasque d'une imagination à peine éclose. Pour commencer, jeune homme, je désire ne vous poser que trois questions.

Si j'ai bien compris, d'après vous, cette bougie aurait été allumée hier soir vers huit heures ?

— Oui, monsieur, vers huit heures !

— Pouvez-vous dire huit heures précises ?

— Ça non ! je ne saurais être aussi affirmatif.

— Hum ! Donc, si une personne avait passé par là juste à huit heures, elle aurait infailliblement rencontré l'assassin. C'est votre avis ?

— Oui, je le suppose.

— Merci, c'est tout. Pour le moment cela me suffit ; oui, c'est tout ce que je vous demande pour le quart d'heure.

— Diantre ! il tape ferme sur Archy, remarqua Ferguson.

— C'est vrai, dit Ham Sandwich. Cette discussion ne me promet rien qui vaille.

Stillmann reprit, en regardant Holmès :

— J'étais moi-même par là à huit heures et demie, ou plutôt vers neuf heures.

— Vraiment ? Ceci est intéressant, très intéressant. Peut-être avez-vous rencontré vous-même l'assassin ?

— Non, je n'ai rencontré personne.

— Ah ! alors, pardonnez-moi cette remarque, je ne vois pas bien la valeur de votre renseignement.

— Il n'en a aucune à présent. Je dis, notez-le bien, pour le moment.

Stillmann continua :

— Je n'ai pas rencontré l'assassin, mais je suis sur ses traces, j'en réponds ; je le crois même dans cette pièce. Je vous prierai tous de passer individuellement devant moi, ici, à la lumière pour que je puisse voir vos pieds.

Un murmure d'agitation parcourut la salle et le défilé commença.

Sherlock regardait avec la volonté bien arrêtée de conserver son sérieux. Stillmann se baissa, couvrit son front avec sa main et examina attentivement chaque paire de pieds qui passaient. Cinquante hommes défilèrent lentement sans résultat. Soixante, soixante-dix. La cérémonie commençait à devenir ridicule et Holmès remarqua avec une douce ironie :

— Les assassins se font rares, ce soir.

La salle comprit le piquant et éclata d'un bon rire franc. Dix ou douze autres candidats passèrent ou plutôt défilèrent en dansant des entrechats comiques qui excitèrent l'hilarité des spectateurs.

Soudain, Stillmann allongea le bras et cria :

— Voici l'assassin !

— Fetlock Jones ! par le grand Sanhédrin ! hurla la foule en accompagnant cette explosion d'étonnement de remarques et de cris confus qui dénotaient bien l'état d'âme de l'auditoire.

Au plus fort du tumulte, Holmès étendit le bras pour imposer silence. L'autorité de son grand nom et le prestige de sa personnalité électrisèrent les assistants qui obéirent immédiatement. Et au milieu du silence complet qui suivit, maître Sherlock prit la parole, disant avec componction :

— Ceci est trop grave ! Il y va de la vie d'un innocent, d'un homme dont la conduite défie tout soupçon. Écoutez-moi, je vais vous en donner la preuve palpable et réduire au silence cette accusation aussi mensongère que coupable. Mes amis, ce garçon ne m'a pas quitté d'une semelle pendant toute la soirée d'hier.

Ces paroles firent une profonde impression sur l'auditoire ; tous tournèrent les yeux vers Stillmann avec des regards inquisiteurs.

Lui, l'air rayonnant, se contenta de répondre :

— Je savais bien qu'il y avait un autre assassin !! !

Et ce disant, il s'approcha vivement de la table et examina les pieds d'Holmès ; puis, le regardant bien dans les yeux, il lui dit :

— Vous étiez avec lui ! Vous vous teniez à peine à cinquante pas de lui lorsqu'il alluma la bougie qui mit le feu à la mèche (sensation). Et, qui plus est, c'est vous-même qui avez fourni les allumettes !

Cette révélation stupéfia Holmès ; le public put s'en apercevoir, car lorsqu'il ouvrit la bouche pour parler, ces mots entrecoupés purent à peine sortir :

— Ceci... ha !... Mais c'est de la folie... C'est...

Stillmann sentit qu'il gagnait du terrain et prit confiance. Il montra une allumette carbonisée.

— En voici une, je l'ai trouvée dans le baril, tenez, en voici une autre !

Holmès retrouva immédiatement l'usage de la parole.

— Oui ! Vous les avez mises là vous-même !

La riposte était bien trouvée, chacun le reconnut, mais Stillmann reprit :

— Ce sont des allumettes de cire, un article inconnu dans ce camp. Je suis prêt à me laisser fouiller pour qu'on cherche à découvrir la boîte sur moi. Êtes-vous prêt, vous aussi ?

L'hôte restait stupéfait. C'était visible aux yeux de tous. Il remua les doigts ; une ou deux fois, ses lèvres s'entr'ouvrirent, mais les paroles ne venaient pas. L'assemblée n'en pouvait plus et voulait à tout prix voir le dénouement de cette situation. Stillmann demanda simplement :

— Nous attendons votre décision, monsieur Holmès.

Après un silence de quelques instants, l'hôte répondit à voix basse :

— Je défends qu'on me fouille.

Il n'y eut aucune démonstration bruyante, mais dans la salle chacun dit à son voisin :

— Cette fois, la question est tranchée ! Holmès n'en mène plus large devant Archy.

Que faire, maintenant ? Personne ne semblait le savoir. La situation devenait embarrassante, car les événements avaient pris une tournure si inattendue et si subite que les esprits s'étaient laissé surprendre et battaient la breloque comme une pendule qui a reçu un choc. Mais, peu à peu, le mécanisme se rétablit et les conversations reprirent leurs cours ; formant des groupes de deux à trois, les hommes se réunirent et essayèrent d'émettre leur avis sous forme de propositions. La majorité était d'avis d'adresser à l'assassin un vote de remerciements pour avoir débarrassé la communauté de Flint Buckner : cette action méritait bien qu'on le laissât en liberté. Mais les gens plus réfléchis protestèrent, alléguant que les cervelles mal équilibrées des États de l'Est crieraient au scandale et feraient un tapage épouvantable si on acquittait l'assassin.

Cette dernière considération l'emporta donc et obtint l'approbation générale.

Il fut décidé que Fetlock Jones serait arrêté et passerait en jugement.

La question semblait donc tranchée et les discussions n'avaient plus leur raison d'être maintenant. Au fond, les gens en étaient enchantés, car tous dans leur for intérieur avaient envie de sortir et de se transporter sur les lieux du drame pour voir si le baril et les autres objets y étaient réellement. Mais un incident imprévu prolongea la séance et amena de nouvelles surprises.

Fetlock Jones, qui avait pleuré silencieusement, passant presque inaperçu au milieu de l'excitation générale et des scènes émouvantes qui se succédaient depuis un moment, sortit de sa torpeur lorsqu'il entendit parler de son arrestation et de sa mise en jugement ; son désespoir éclata et il s'écria :

— Non ! ce n'est pas la peine ! Je n'ai pas besoin de prison ni de jugement. Mon châtiment est assez dur à l'heure qu'il est ; n'ajoutez rien à mon malheur, à mes souffrances. Pendez-moi et que ce soit fini ! Mon crime devait être découvert, c'était fatal ; rien ne peut me sauver maintenant. Il vous a tout raconté, absolument comme s'il avait été avec moi, et m'avait vu. Comment le sait-il ? c'est pour moi un prodige, mais vous trouverez le baril et les autres objets. Le sort en est jeté : je n'ai plus une chance de salut ! Je l'ai tué ; et vous en auriez fait autant à ma place, si, comme moi, vous aviez été traité comme un chien ; n'oubliez pas que j'étais un pauvre garçon faible, sans défense, sans un ami pour me secourir.

— Et il l'a bigrement mérité, s'écria Ham Sandwich.

Des voix. — Écoutez camarades !

L'agent de police. — De l'ordre, de l'ordre, Messieurs.

Une voix. — Votre oncle savait-il ce que vous faisiez ?

— Non, il n'en savait rien.

— Êtes-vous certain qu'il vous ait donné les allumettes ?

— Oui, mais il ne savait pas l'usage que j'en voulais faire.

— Lorsque vous étiez occupé à préparer votre coup, comment avez-vous pu oser l'emmener avec vous, lui, un détective ? C'est inexplicable !

Le jeune homme hésita, tripota les boutons de sa veste d'un air embarrassé et répondit timidement :

— Je connais les détectives, car j'en ai dans ma famille, et je sais que le moyen le plus sûr de leur cacher un mauvais coup, c'est de les avoir avec soi au moment psychologique.

L'explosion de rires qui accueillit ce naïf aveu ne fit qu'augmenter l'embarras du pauvre petit accusé.

IV

Fetlock Jones a été mis sous les verrous dans une cabane inoccupée pour attendre son jugement. L'agent Harris lui a donné sa ration pour deux jours, en lui recommandant de ne pas faire fi de cette nourriture ; il lui a promis de revenir bientôt pour renouveler ses provisions.

Le lendemain matin, nous partîmes quelques-uns avec notre ami Hillyer, pour l'aider à enterrer son parent défunt et peu regretté, Flint Buckner ; je remplissais les fonctions de premier assistant et tenais les cordons du poêle ; Hillyer conduisait le cortège. Au moment où nous finissions notre triste besogne, un étranger loqueteux, à l'air nonchalant, passa devant nous ; il portait un vieux sac à main, marchait la tête basse et boitait. Au même instant, je sentis nettement l'odeur à la recherche de laquelle j'avais parcouru la moitié du globe. Pour mon espoir défaillant, c'était un parfum paradisiaque.

En une seconde, je fus près de lui, et posai ma main doucement sur son épaule. Il s'affala par terre comme si la foudre venait de le frapper sur son chemin. Quand mes compagnons arrivèrent en courant, il fit de grands efforts pour se mettre à genoux, leva vers moi ses mains suppliantes, et de ses lèvres tremblotantes me demanda de ne plus le persécuter.

— Vous m'avez pourchassé dans tout l'univers, Sherlock Holmès, et cependant Dieu m'est témoin que je n'ai jamais fait de mal à personne !

En regardant ses yeux hagards, il était facile de voir qu'il était fou. Voilà mon œuvre, ma mère ! La nouvelle de votre mort pourra seule un jour renouveler la tristesse que j'éprouvai à ce moment ; ce sera ma seconde émotion.

Les jeunes gens relevèrent le vieillard, l'entourèrent de soins et furent pleins de prévenance pour lui ; ils lui prodiguèrent les mots les plus touchants et cherchèrent à le consoler en lui disant de ne plus avoir peur, qu'il était maintenant au milieu d'amis, qu'ils le soigneraient, le protégeraient et pendraient le premier qui porterait la main sur lui. Ils sont comme les autres hommes, ces rudes mineurs, quand on ranime la chaleur de leur cœur ; on pourrait les croire des enfants insouciants et irréfléchis jusqu'au moment où quelqu'un fait vibrer les fibres de leur cœur. Ils essayèrent de tous les moyens pour le réconforter, mais tout échoua jusqu'au moment où l'habile stratégiste qu'est Well-Fargo prit la parole et dit :

— Si c'est uniquement Sherlock Holmès qui vous inquiète, inutile de vous mettre martel en tête plus longtemps.

— Pourquoi ? demanda vivement le malheureux fou.

— Parce qu'il est mort !

— Mort ! mort ! Oh ! ne plaisantez pas avec un pauvre naufragé comme moi ! Est-il mort ? Sur votre honneur, jeunes gens, me dit-il la vérité ?

— Aussi vrai que vous êtes là ! dit Ham Sandwich, et ils soutinrent l'affirmation de leur camarade, comme un seul homme.

— Ils l'ont pendu à San Bernardino la semaine dernière, ajouta Ferguson, tandis qu'il était à votre recherche. Ils se sont trompés et l'ont pris pour un autre. Ils le regrettent, mais n'y peuvent plus rien.

— Ils lui élèvent un monument, continua Ham Sandwich de l'air de quelqu'un qui a versé sa cotisation et est bien renseigné.

James Walker poussa un grand soupir, évidemment un soupir de soulagement ; il ne dit rien, mais ses yeux perdirent leur expression d'effroi ; son attitude sembla plus calme et ses traits se détendirent un peu. Nous regagnâmes tous nos cases et les jeunes gens lui préparèrent le meilleur repas que pouvaient fournir nos provisions ; pendant qu'ils cuisinaient, nous l'habillâmes des pieds à la tête, Hillyer et moi ; nos vêtements neufs lui donnaient un air de petit vieux bien tenu et respectable. « Vieux » est bien le mot, car il le paraissait avec son affaissement, la blancheur de ses cheveux, et les ravages que les chagrins avaient faits sur son visage ; et, pourtant, il était dans la force de l'âge. Pendant qu'il mangeait, nous fumions et causions ; lorsqu'il eut fini, il retrouva enfin l'usage de la parole et, de son plein gré, nous raconta son histoire. Je ne prétends pas reproduire ses propres termes, mais je m'en rapprocherai le plus possible dans mon récit :

HISTOIRE D'UN INNOCENT

« Voici ce qui m'arriva :

« J'étais à Denver, où je vivais depuis de longues années : quelquefois, je retrouve le nombre de ces années, d'autres fois, je l'oublie, mais peu m'importe. Seulement, on me signifia d'avoir à partir, sous peine d'être accusé d'un horrible crime commis il y a bien longtemps, dans l'Est. Je connaissais ce crime, mais je ne l'avais pas commis ; le coupable était un de mes cousins, qui portait le même nom que moi.

« Que faire ? Je perdais la tête, ne savais plus que devenir. On ne me donnait que très peu de temps, vingt-quatre heures, je crois. J'étais perdu si mon nom venait à être connu. La population m'aurait lynché sans admettre d'explications. C'est toujours ce qui arrive avec les lynchages ; lorsqu'on découvre qu'on s'est trompé on se désole, mais il est trop tard... (vous voyez que la même chose est arrivée pour M. Holmès). Alors, je résolus de tout vendre, de faire argent de tout, et de fuir jusqu'à ce que l'orage fût passé ; plus tard, je reviendrais avec la preuve de mon innocence. Je partis donc de nuit, et me sauvai bien loin, dans la montagne, où je vécus, déguisé sous un faux nom.

« Je devins de plus en plus inquiet et anxieux ; dans mon trouble je voyais des esprits, j'entendais des voix et il me devenait impossible de raisonner sainement sur le moindre sujet ; mes idées s'obscurcirent tellement que je dus renoncer à penser, tant je souffrais de la tête. Cet état ne fit qu'empirer. Toujours des voix, toujours des esprits m'entouraient. Au début, ils ne me poursuivaient que la nuit, bientôt ce fut aussi le jour. Ils murmuraient à mon oreille autour de mon lit et complotaient contre moi ; je ne pouvais plus dormir et me sentais brisé de fatigue.

« Une nuit, les voix me dirent à mon oreille : « Jamais nous n'arriverons à notre but parce que nous ne pouvons ni l'apercevoir, ni par conséquent le désigner au public. »

« Elles soupirèrent, puis l'une dit : « Il faut que nous amenions Sherlock Holmès ; il peut être ici dans douze jours. » Elles approuvèrent, chuchotèrent entre elles et gambadèrent de joie.

« Mon cœur battait à se rompre ; car j'avais lu bien des récits sur Holmès et je pressentais quelle chasse allait me donner cet homme avec sa ténacité surhumaine et son activité infatigable.

« Les esprits partirent le chercher ; je me levai au milieu de la nuit et m'enfuis, n'emportant que le sac à main qui contenait mon argent : trente mille dollars. Les deux tiers sont encore dans ce sac. Il fallut quarante jours à ce démon pour retrouver ma trace. Je lui échappai. Par habitude, il avait d'abord inscrit son vrai nom sur le registre de l'hôtel, puis il l'avait effacé pour mettre à la place celui de « Dagget Barclay ». Mais la peur vous rend perspicace. Ayant lu le vrai nom, malgré les ratures, je filai comme un cerf.

« Depuis trois ans et demi, il me poursuit dans les États du Pacifique, en Australie et aux Indes, dans tous les pays imaginables, de Mexico à la Californie, me donnant à peine le temps de me reposer ; heureusement, le nom des registres m'a toujours guidé, et j'ai pu sauver ma pauvre personne !

« Je suis mort de fatigue ! Il m'a fait passer un temps bien cruel, et pourtant, je vous le jure, je n'ai jamais fait de mal ni à lui, ni à aucun des siens. »

Ainsi se termina le récit de cette lamentable histoire qui bouleversa tous les jeunes gens ; quant à moi, chacune de ces paroles me brûla le cœur comme un fer rouge. Nous décidâmes d'adopter le vieillard, qui deviendrait mon hôte et celui d'Hyllyer. Ma résolution est bien arrêtée maintenant ; je l'installerai à Denver et le réhabiliterai.

Mes camarades lui donnèrent la vigoureuse poignée de main de bienvenue des mineurs et se dispersèrent pour répandre la nouvelle.

A l'aube, le lendemain matin, Well-Fargo, Ferguson et Ham Sandwich nous appelèrent à voix basse et nous dirent confidentiellement :

— La nouvelle des mauvais traitements endurés par cet étranger s'est répandue aux alentours et tous les camps des mineurs se soulèvent. Ils arrivent en masse de tous côtés, et vont lyncher le professeur. L'agent Harry a une frousse formidable et a téléphoné au shériff.

— Allons, venez !

Nous partîmes en courant. Les autres avaient le droit d'interpréter cette aventure à leur façon. Mais dans mon for intérieur, je souhaitais vivement que le shériff pût arriver à temps, car je n'avais nulle envie d'assister de sang-froid à la pendaison de Sherlock Holmès. J'avais entendu beaucoup parler du shériff, mais j'éprouvai quand même le besoin de demander : « Est-il vraiment capable de contenir la foule ? »

— Contenir la foule ! lui, Jack Fairfak, contenir la foule ! Mais vous plaisantez ! Vous oubliez que cet énergumène a dix-neuf scalps à son acquit, oui ! dix-neuf scalps !

En approchant nous entendîmes nettement des cris, des gémissements, des hurlements qui s'accentuèrent à mesure que nous avancions ; ces cris devinrent de plus en plus forts, et lorsque nous atteignîmes la foule massée sur la place devant la taverne, le bruit nous assourdit complètement.

Plusieurs gaillards de « Dalys Gorge » s'étaient brutalement saisis de Holmès, qui pourtant affectait un calme imperturbable.

Un sourire de mépris se dessinait sur ses lèvres et, en admettant que son cœur de Breton ait pu un instant connaître la peur de la mort, son énergie de fer avait vite repris le dessus et maîtrisait tout autre sentiment.

— Venez vite voter, vous autres ! cria Shadbelly Higgins, un compagnon de la bande Daly : vous avez le choix entre pendu ou fusillé !

— Ni l'un ni l'autre ! hurla un de ses camarades. Il ressusciterait la semaine prochaine ! le brûler, voilà le seul moyen de ne plus le voir revenir.

Les mineurs, dans tous les groupes, répondirent par un tonnerre d'applaudissements et se portèrent en masse vers le prisonnier ; ils l'entourèrent en criant : « Au bûcher ! Au bûcher ! » Puis ils le traînèrent au poteau, l'y adossèrent en l'enchaînant et l'entourèrent jusqu'à la ceinture de bois et de pommes de pin. Au milieu de ces préparatifs, sa figure ferme ne bronchait pas et le même sourire de dédain restait esquissé sur ses lèvres fines.

— Une allumette ! Apportez une allumette !

Shadbelly la frotta, abrita la flamme de sa main, se baissa et alluma les pommes de pin. Un silence profond régnait sur la foule ; le feu prit et une petite flamme lécha les pommes de pin. Il me sembla entendre un bruit lointain de pas de chevaux. Ce bruit se rapprocha et devint de plus en plus distinct, mais la foule absorbée paraissait ne rien entendre.

L'allumette s'éteignit. L'homme en frotta une autre, se baissa et de nouveau la flamme jaillit. Cette fois elle courut rapidement au travers des brins de bois. Dans l'assistance, quelques hommes détournèrent la tête. Le bourreau tenait à la main son allumette carbonisée et surveillait la marche du feu. Au même instant, un cheval déboucha à plein galop du tournant des rochers, venant dans notre direction.

Un cri retentit :

— Le shériff !

Fendant la foule, le cavalier se fraya un passage jusqu'au bûcher ; arrivé là, il arrêta son cheval sur les jarrets et s'écria :

— Arrière, tas de vauriens !

Tous obéirent à l'exception du chef qui se campa résolument et saisit son revolver. Le shériff fonça sur lui, criant :

— Vous m'entendez, espèce de forcené. Éteignez le feu, et enlevez au prisonnier ses chaînes.

Il finit par obéir. Le shériff prit la parole, rassemblant son cheval dans une attitude martiale ; il ne s'emporta pas et parla sans véhémence, sur un ton compassé et pondéré, bien fait pour ne leur inspirer aucune crainte.

— Vous faites du propre, vous autres ! Vous êtes tout au plus dignes de marcher de pair avec ce gredin de Shadbelly Higgins, cet infâme... reptile qui attaque les gens par derrière et se croit un héros.

Ce que je méprise par-dessus tout, c'est une foule qui se livre au lynchage. Je n'y ai jamais rencontré un homme à caractère. Il faut en éliminer cent avant d'en trouver un qui ait assez de cœur au ventre pour oser attaquer seul un homme même infirme. La foule n'est qu'un ramassis de poltrons et quatre-vingt-dix-neuf fois sur cent le shériff lui-même est le roi des lâches.

Il s'arrêta, évidemment pour savourer ces dernières paroles et juger de l'effet produit, puis il reprit :

— Le shériff qui abandonne un prisonnier à la fureur aveugle de la foule est le dernier des lâches. Les statistiques constatent qu'il y a eu cent quatre-vingt-deux shériffs, l'année dernière, qui ont touché des appointements injustement gagnés. Au train où marchent les choses, on verra bientôt figurer une nouvelle maladie dans les livres de médecine sous le nom de « mal des shériffs ».

Les gens demanderont : « Le shériff est encore malade ? »

Oui ! il souffre toujours de la même maladie incurable.

On ne dira plus : « Un tel est allé chercher le shériff du comité de Rapalso ! » mais : un tel est allé chercher le « froussard » de Rapalso ! Mon Dieu ! qu'il faut donc être lâche pour avoir peur d'une foule en train de lyncher un homme !

Il regarda le prisonnier du coin de l'œil et lui demanda :

— Étranger, qui êtes-vous et qu'avez-vous fait ?

— Je m'appelle Sherlock Holmès ; je n'ai rien à me reprocher.

Ce nom produisit sur le shériff une impression prodigieuse. Il se remit à haranguer la foule, disant que c'était une honte pour le pays d'infliger un outrage aussi ignominieux à un homme dont les exploits étaient connus du monde entier pour leur caractère merveilleux, et dont les aventures avaient conquis les bonnes grâces de tous les lecteurs par le charme et le piquant de leur exposition littéraire. Il présenta à Holmès les excuses de toute la nation, le salua très courtoisement et ordonna à l'agent Harris de le ramener chez lui, lui signifiant qu'il le rendrait personnellement responsable si Holmès était de nouveau maltraité. Se tournant ensuite vers la foule, il s'écria :

— Regagnez vos tannières, tas de racailles !

Ils obéirent ; puis s'adressant à Shadbelly :

— Vous, suivez-moi, je veux moi-même régler votre compte. Non, gardez ce joujou qui vous sert d'arme ; le jour où j'aurai peur de vous sentir derrière moi avec votre revolver, il sera temps pour moi d'aller rejoindre les cent quatre-vingt-deux poltrons de l'année dernière. — Et, ce disant, il partit au pas de sa monture suivi de Shadbelly.

En rentrant chez nous vers l'heure du déjeuner, nous apprîmes que Fetlock Jones était en fuite ; il s'était évadé de la prison et battait la campagne. Personne n'en fut fâché au fond. Que son oncle le poursuive, s'il veut ; c'est son affaire ; le camp tout entier s'en lave les mains.

V

LE JOURNAL REPREND

Dix jours plus tard.

« James Walker » va bien physiquement, et son cerveau est en voie de guérison. Je pars avec lui pour Denver demain matin.

La nuit suivante.

Quelques mots envoyés à la hâte d'une petite gare. En me quittant, ce matin, Hillyer m'a chuchoté à l'oreille :

— Ne parlez de ceci à Walker que quand vous serez bien certain de ne pas lui faire de mal en arrêtant les progrès de son rétablissement. Le crime ancien auquel il a fait allusion devant nous a bien été commis, comme il le dit, par son cousin.

Nous avons enterré le vrai coupable l'autre soir, l'homme le plus malheureux du siècle, Flint Buckner. Son véritable nom était « Jacob Fuller ».

Ainsi, ma chère mère, ma mission est terminée. Je viens d'accomplir mon mandat. Sans m'en douter, j'ai conduit à sa dernière demeure votre mari, mon père. Qu'il repose en paix !

FIN

CANNIBALISME EN VOYAGE

Je revenais dernièrement de visiter Saint-Louis, lorsqu'à la bifurcation de Terre-Haute (territoire d'Indiana), un homme de quarante à cinquante ans, à la physionomie sympathique, aux manières affables, monta dans mon compartiment et s'assit près de moi ; nous causâmes assez longtemps pour me permettre d'apprécier son intelligence et le charme de sa conversation. Lorsqu'au cours de notre entretien, il apprit que j'étais de Washington, il se hâta de me demander des « tuyaux » sur les hommes politiques, sur les affaires gouvernementales ; je m'aperçus d'ailleurs très vite qu'il était au courant de tous les détails, de tous les dessous politiques, et qu'il en savait très long sur les faits et gestes des sénateurs et des représentants des Chambres aux Assemblées législatives. A une des stations suivantes deux hommes s'arrêtèrent près de nous et l'un d'eux dit à l'autre :

« Harris, si vous faites cela pour moi, je ne l'oublierai de ma vie. »

Les yeux de mon nouveau compagnon de voyage brillèrent d'un singulier éclat ; à n'en pas douter, ces simples mots venaient d'évoquer chez lui quelque vieux souvenir. Ensuite son visage redevint calme, presque pensif. Il se tourna vers moi et me dit :

— Laissez-moi vous conter une histoire, vous dévoiler un chapitre secret de ma vie, une page que j'avais enterrée au fin fond de moi-même. Écoutez-moi patiemment, et ne m'interrompez pas.

Je promis de l'écouter ; il me raconta l'aventure suivante, avec des alternatives d'animation et de mélancolie, mais toujours avec beaucoup de persuasion et un grand sérieux.

Récit de cet étranger :

« Le 19 décembre 1853, je quittai Saint-Louis par le train du soir qui va à Chicago. Tous compris, nous n'étions que vingt-quatre voyageurs hommes ; ni femmes ni enfants ; nous fîmes vite connaissance et comme nous paraissions tous de bonne humeur, une certaine intimité ne tarda pas à s'établir entre nous.

« Le voyage s'annonçait bien ; et pas un d'entre nous ne pouvait pressentir les horribles instants que nous devions bientôt traverser.

« A 11 heures, il neigeait ferme. Peu après avoir quitté le village de Welden, nous entrâmes dans les interminables prairies désertes qui s'étendent horriblement monotones pendant des lieues et des lieues ; le vent soufflait avec violence, car il ne rencontrait aucun obstacle sur sa route, ni arbres, ni collines, ni même un rocher isolé ; il chassait devant lui la neige qui tombait en rafales et formait sous nos yeux un tapis épais. Elle tombait dru, cette neige, et le ralentissement du train nous indiquait assez que la locomotive avait peine à lutter contre la résistance croissante des éléments. Le train stoppa plusieurs fois et nous vîmes au-dessus de nos têtes un double rempart de neige aveuglant de blancheur, triste comme un mur de prison.

« Les conversations cessèrent ; la gaieté fit place à l'angoisse ; la perspective d'être murés par la neige au milieu de la prairie déserte, à cinquante lieues de toute habitation, se dressait comme un spectre devant chacun de nous et jetait une note de tristesse sur notre bande tout à l'heure si joyeuse.

« A deux heures du matin, je fus tiré de mon sommeil agité par un arrêt brusque. L'horrible vérité m'apparut dans toute sa nudité hideuse : nous étions bloqués par la neige. « Tous les bras à la rescousse ! » On se hâta d'obéir. Chacun redoubla d'efforts sous la nuit noire et la tourmente de neige, parfaitement convaincu qu'une minute perdue pouvait causer notre mort à tous. Pelles, planches, mains, tout ce qui pouvait déplacer la neige fut réquisitionné en un instant.

« Quel étrange spectacle de voir ces hommes lutter contre les neiges amoncelées, et travailler d'arrache-pied, les uns plongés dans une obscurité profonde, les autres éclairés par la lueur rougeâtre du réflecteur de la machine !

« Au bout d'une heure, nous étions fixés sur l'inutilité complète de nos efforts ; car la tempête remplissait en rafales les tranchées que nous avions pratiquées. Pour comble de malheur, on découvrit que les bielles de la locomotive s'étaient brisées sous la résistance du poids à déplacer. La route, eût-elle été libre, devenait impraticable pour nous !!

« Nous remontâmes dans le train, fatigués, mornes et découragés ; nous nous réunîmes autour des poêles pour examiner l'état de notre situation. Nous n'avions pas de provisions de bouche ; c'était là le plus clair de notre désastre ! Largement approvisionnés de bois, nous ne risquions pas de mourir de froid. C'était déjà une consolation.

« Après une longue délibération, nous reconnûmes que le conducteur du train disait vrai : en effet quiconque se serait risqué à parcourir à pied les cinquante lieues qui nous séparaient du village le plus rapproché aurait certainement trouvé la mort. Impossible de demander du secours, et l'eussions-nous demandé, personne ne serait venu à nous. Il nous fallait donc nous résigner et attendre patiemment du secours ou la mort par la faim ; je puis certifier que cette triste perspective suffisait à ébranler le cœur le plus stoïque.

« Notre conversation, pourtant bruyante, produisait l'illusion d'un murmure vague, qu'on distinguait à peine au milieu des rafales de vent ; la clarté des lampes diminua peu à peu, et la plus grande partie des « naufragés » se turent, les uns pour réfléchir, les autres pour chercher dans le sommeil l'oubli de leur situation tragique.

« Cette nuit nous parut éternelle ; l'aurore glacée et grise commença à poindre à l'est ; à mesure que le jour grandissait, les voyageurs se réveillèrent et se donnèrent du mouvement pour essayer de se réchauffer ; l'un après l'autre, ils étirèrent leurs membres raidis par le sommeil, et regardèrent par les fenêtres le spectacle horrible qui s'offrait à leurs yeux. Horrible ! il l'était en effet, ce spectacle. Pas une habitation ! pas un atome vivant autour de nous ! partout le désert, blanc comme un linceul ; la neige, fouettée en tous sens par le vent, tourbillonnait en flocons dans l'espace.

« Nous errâmes toute la journée dans les wagons, parlant peu, absorbés dans nos pensées ; puis vint une seconde nuit, longue, monotone, pendant laquelle la faim commença à se faire sentir.

« Le jour reparut ; silencieux et triste, nous faisions le guet, attendant un secours qui ne pouvait pas venir ; une autre nuit lui succéda, agitée de rêves fantastiques pendant lesquels des festins somptueux et les fêtes bacchiques défilaient sous nos yeux ! Le réveil n'en fut que plus pénible ! Le quatrième et le cinquième jour parurent ! Cinq jours de véritable captivité ! La faim se lisait sur tous les visages déprimés qui accusaient l'obsession d'une même idée fixe, d'une pensée à laquelle nul n'osait ni ne voulait s'arrêter. Le sixième jour s'écoula, et le septième se leva sur notre petite troupe haletante, terrifiée à l'idée de la mort qui nous guettait. Il fallait pourtant en finir et parler. Les lèvres de chacun étaient prêtes à s'entr'ouvrir pour exprimer les sombres pensées qui venaient de germer dans nos cerveaux. La nature, trop longtemps comprimée, demandait sa revanche et faisait entendre un appel impérieux !

« Richard H. Gaston, de Minnesota, grand, d'une pâleur de spectre, se leva. Nous savions ce qui allait sortir de sa bouche ; un grand calme, une attention recueillie avaient remplacé l'émotion, l'excitation factice des jours précédents.

« — Messieurs, il est impossible d'attendre davantage ! L'heure a sonné. Il nous faut décider lequel d'entre nous mourra pour servir de nourriture aux autres.

« M. John J. Villiams, de l'Illinois, se leva à son tour : — Messieurs, dit-il, je propose pour le sacrifice le Révérend James Sawyer de Tennessee.

« — Je propose M. Daniel Hote de New-York, répondit M. W. R. Adams, d'Indiana.

« M. Charles Langdon : — Que diriez-vous de M. Samuel Bowen de Saint-Louis ?

« — Messieurs, interrompit M. Hote, j'opine plutôt en faveur du jeune John A. Van Nostrand, de New-Jersey.

« H. Gaston : — S'il n'y a pas d'objection, on accédera au désir de M. Hote.

« M. Van Nostrand ayant protesté, la proposition de M. Hote fut repoussée, celles de MM. Sawyer et Bowen ne furent pas acceptées davantage.

« M. A.-L. Bascom, de l'Ohio, se leva : — Je suis d'avis de clore la liste des candidatures et de laisser l'Assemblée procéder aux élections par vote.

« M. Sawyer : — Messieurs, je proteste énergiquement contre ces procédés irréguliers et inacceptables. Je propose d'y renoncer immédiatement, et de choisir un président à l'Assemblée ; nous pourrons ensuite poursuivre notre œuvre sans violer les principes immuables de l'équité.

« M. Bell, de Iowa : — Messieurs, je proteste. Ce n'est pas le moment de s'arrêter à des formalités absurdes. Voilà huit jours que nous ne mangeons pas ; et chaque minute perdue en discussions vaines rend notre situation plus critique. Les propositions précédentes me satisfont entièrement (ces messieurs en pensent autant, je crois) ; pour ma part, je ne vois donc pas pourquoi nous ne nous arrêterions pas à l'une d'elles, il faut en finir au plus vite.

« M. Gaston : — De toutes façons, l'élection nous demanderait au moins vingt-quatre heures, et c'est justement ce retard que nous voulons éviter. Le citoyen de New-Jersey...

« M. Van Nostrand : — Messieurs, je suis un étranger parmi vous ; je n'ai donc aucun droit à l'honneur que vous me faites, et j'éprouve une certaine gêne à...

« M. Morgan d'Alabama, l'interrompant : — Je demande que la question soit soumise au vote général. Ainsi fut fait, et le débat prit fin, bien entendu. Un conseil fut constitué, M. Gaston nommé président, M. Blake secrétaire, MM. Holcomb, Baldwin et Dyer firent partie de « la Commission des candidatures » ; M. R.-M. Howland, en sa qualité de pourvoyeur, aida la Commission à faire son choix.

« La Commission s'accorda un repos d'une demi-heure avant de procéder à ses grands travaux. L'Assemblée se réunit, et le comité porta son choix sur quelques candidats : MM. George Ferguson, de Kentucky, Lucien Herrman, de la Louisiane, et W. Messick, du Colorado. Ce choix fut ratifié.

« M. Rogers, de Missouri, se leva : — Monsieur le Président, les décisions ayant été prises maintenant selon les règles, je propose l'amendement suivant, en vue de substituer au nom de M. Herrman celui de M. Lucius Harris, de Saint-Louis, qui est honorablement connu de tous ici. Je ne voudrais en quoi que ce soit amoindrir les grandes qualités de ce citoyen de la Louisiane, loin de là. J'ai pour lui toute l'estime et la considération que méritent ses vertus. Mais il ne peut échapper à personne d'entre nous que ce candidat a maigri étonnamment depuis le début de notre séjour ici. Cette considération me porte à affirmer que le comité s'est fourvoyé en proposant à nos suffrages un candidat dont la valeur morale est incontestable, mais dont les qualités nutritives sont...

« Le Président : — Le citoyen du Missouri est prié de s'asseoir ; le Président ne peut admettre que les décisions du comité soient critiquées sans suivre la voie régulière.

« Quel accueil fera l'Assemblée à la proposition de ce citoyen ?

« M. Halliday, de Virginie : — Je propose un second amendement visant la substitution de M. Harvey Davis, de l'Orégon, à M. Messick. Vous estimerez sans doute avec moi que les labeurs et les privations de la vie de frontière ont dû rendre M. Davis quelque peu coriace ; mais, Messieurs, pouvons-nous, à un moment aussi tragique, ergoter sur la qualité de la chair humaine ? Pouvons-nous discuter sur des pointes d'aiguilles ? Avons-nous le droit de nous arrêter à des considérations sans importance ? Non, Messieurs ; la corpulence, voilà tout ce que nous demandons ; l'embonpoint, le poids sont à nos yeux les principales qualités requises : le talent, le génie, la bonne éducation, tout cela nous est indifférent. J'attire votre attention sur le sens de mon amendement.

« M. Morgan (*très agité*) : — Monsieur le Président, en principe, je suis pour ma part absolument opposé à cet amendement. Le citoyen de l'Orégon est vieux ; de plus, il est fortement charpenté, et très peu dodu. Que ces Messieurs me disent s'ils préfèrent le pot-au-feu à une alimentation substantielle ? et s'ils se contenteraient de « ce spectre de l'Orégon » pour assouvir leur faim ? Je demande à M. Halliday, de Virginie, si la vue de nos visages décavés, de nos yeux hagards ne lui fait pas horreur ; s'il aura le courage d'assister plus longtemps à notre supplice en prolongeant la famine qui déchire nos entrailles et en nous offrant le paquet d'os que représente le citoyen en question ? Je lui demande s'il réfléchit à notre triste situation, à nos angoisses passées, à notre avenir effroyable ; va-t-il persister à nous jeter en pâture cette ruine, cette épave, ce vagabond misérable et desséché, des rives inhospitalières de l'Orégon ? Non ! il ne l'osera pas ! (*Applaudissements.*)

« La proposition fut mise aux voix et repoussée après une discussion violente. M. Harris restait désigné, en conformité du premier amendement.

Le scrutin fut ouvert. Il y eut cinq tours sans résultat. Au sixième, M. Harris fut élu, tous les votes, sauf le sien, s'étant portés sur son nom. Il fut alors proposé que ce scrutin serait ratifié par un vote unanime à mains levées ; mais l'unanimité ne put être obtenue, M. Harris votant encore contre lui-même.

« M. Radiway proposa alors que l'assemblée fît son choix parmi les derniers candidats, et que l'élection eût lieu sans faute pour le déjeuner. Cette proposition fut acceptée.

« Au premier tour, il y eut scission : les uns penchaient en faveur d'un candidat réputé très jeune ; les autres lui préféraient un autre homme de belle stature. Le vote du président fit incliner la balance du côté du dernier, M. Messick ; mais cette solution déplut fortement aux partisans de M. Ferguson, le candidat battu ; on songea même un instant à demander un nouveau tour de scrutin ; bref, tous décidèrent d'ajourner la solution, et la séance fut levée de suite.

« Les préparatifs du repas détournèrent l'attention du parti Ferguson et au moment où le fil de la discussion allait reprendre, on annonça en grande pompe *que M. Harris était servi.* Cette nouvelle produisit un soulagement général.

« Les tables furent improvisées avec les dossiers de fauteuils des compartiments, et nous nous assîmes, la joie au cœur, en pensant à ce régal après lequel nous soupirions depuis une grande semaine. En quelques instants, nous avions pris une tout autre physionomie. Tout à l'heure le désespoir, la misère, la faim, l'angoisse fiévreuse, étaient peints sur nos visages ; maintenant une sérénité, une joie indescriptible régnaient parmi nous ; nous débordions de bonheur. J'avoue même sans fausse honte que cette heure de soulagement a été le plus beau moment de ma vie d'aventures.

« Le vent hurlait au dehors et fouettait la neige autour de notre prison, mais nous n'en avions plus peur maintenant.

« J'ai assez aimé Harris. Il aurait pu être mieux cuit, sans doute, mais en toute justice, je dois reconnaître qu'aucun homme ne m'agréa jamais autant que Harris et ne me procura autant de satisfaction. Messick ne fut pas précisément mauvais, bien qu'un peu trop haut en goût ; mais pour la saveur et la délicatesse de la chair, parlez-moi de Harris.

« Messick avait certainement des qualités que je ne lui contesterai pas, mais il ne convenait pas plus pour un petit déjeuner qu'une momie (ceci soit dit sans vouloir l'offenser). Quelle maigreur !! mon Dieu ! et dur !! Ah ! vous ne vous imaginerez jamais à quel point il était coriace ! Non jamais, jamais !

— Me donnez-vous à entendre que réellement vous... ?

— Ne m'interrompez pas, je vous en prie.

« Après ce frugal déjeuner, il fallait songer au dîner ; nous portâmes notre choix sur un nommé Walker, originaire de Détroit. Il était excellent ; je l'ai d'ailleurs écrit à sa femme un peu plus tard. Ce Walker ! je ne l'oublierai de ma vie ! Quel délicieux morceau ! Un peu maigre, mais succulent malgré cela. Le lendemain, nous nous offrîmes Morgan de l'Alabama pour déjeuner. C'était un des plus beaux hommes que j'aie jamais vus, bien tourné, élégant, distingué de manières ; il parlait couramment plusieurs langues ; bref un garçon accompli, qui nous a fourni un jus plein de saveur. Pour le dîner, on nous prépara ce vieux patriarche de l'Orégon. Là, nous reçûmes un superbe « coup de fusil » ; — vieux, desséché, coriace, il fut impossible à manger. Quelle navrante surprise pour tous ! A tel point que je finis par déclarer à mes compagnons : — Messieurs, faites ce que bon vous semble ; moi, je préfère jeûner en attendant meilleure chère.

« Grimes, de l'Illinois, ajouta : — Messieurs, j'attends, moi aussi. Lorsque vous aurez choisi un candidat qui soit à peu près « dégustable », je serai enchanté de m'asseoir à votre table.

« Il devint évident que le choix de l'homme de l'Orégon avait provoqué le mécontentement général. Il fallait à tout prix ne pas rester sur cette mauvaise impression, surtout après le bon souvenir que nous avait laissé Harris. Le choix se porta donc sur Baker, de Géorgie.

« Un fameux morceau celui-là ! Ensuite, nous nous offrîmes Doolittle, Hawkins, Mac Elroy, — ce dernier, trop petit et maigre, nous valut quelques protestations. Après, défilèrent Penrol, les deux Smiths et Bailey ; ce dernier avec sa jambe de bois nous donna du déchet, mais la qualité était irréprochable ; ensuite un jeune Indien, un joueur d'orgue de Barbarie, un nommé Bukminster, — pauvre diable de vagabond, décharné ; il était vraiment indigne de figurer à notre table.

« Comme consolation d'une si maigre pitance, nous pouvons nous dire que ce mauvais déjeuner a précédé de peu notre délivrance.

— L'heure de la délivrance sonna donc enfin pour vous ?

— Oui, un beau matin, par un beau soleil, au moment où nous venions d'inscrire John Murphy sur notre menu. Je vous assure que ce John Murphy devait être un « morceau de roi » ; j'en mettrais ma main au feu. Le destin voulut que John Murphy s'en retournât avec nous dans le train qui vint à notre secours. Quelque temps après il épousa la veuve de Harris !!...

— La victime de... ?

— La victime de notre première élection. Il l'a épousée, et maintenant il est très heureux, très considéré et a une excellente situation. Ah ! cette histoire est un vrai roman, je vous assure ! Mais me voici arrivé, monsieur, il faut que je vous quitte. N'oubliez pas, lorsque vous aurez quelques instants à perdre, qu'une visite de vous me fera toujours le plus grand plaisir. J'éprouve pour vous une réelle sympathie, je dirai même plus, une sincère affection. Il me semble que je finirais par vous aimer autant que Harris. Adieu monsieur, et bon voyage. »

Il descendit ; je restai là, médusé, abasourdi, presque soulagé de son départ. Malgré son affabilité, j'éprouvais un certain frisson en sentant se poser sur moi son regard affamé. Aussi, lorsque j'appris qu'il m'avait voué une affection sincère, et qu'il me mettait dans son estime sur le même pied que feu Harris, mon sang se glaça dans mes veines !

J'étais littéralement transi de peur. Je ne pouvais douter de sa véracité ; d'autre part il eût été parfaitement déplacé d'interrompre par une question inopportune un récit aussi dramatique, présenté sous les auspices de la plus grande sincérité. Malgré moi, ces horribles détails me poursuivaient et hantaient mon esprit de mille idées confuses. Je vis que le conducteur m'observait ; je lui demandai : Qui est cet homme ?

J'appris qu'il faisait autrefois partie du Congrès et qu'il était un très brave homme. Un beau jour, pris dans une tourmente de neige et à deux doigts de mourir de faim, il a été tellement ébranlé par le froid et révolutionné, que deux ou trois mois après cet incident, il devenait complètement fou. Il va bien maintenant, paraît-il, mais la monomanie le tient et lorsqu'il enfourche son vieux « dada », il ne s'arrête qu'après avoir dévoré en pensée tous ses camarades de voyage. Tous y auraient certainement passé, s'il n'avait dû descendre à cette station ; il sait leurs noms sur le bout de ses doigts. Quand il a fini de les manger tous, il ne manque pas d'ajouter : « L'heure du déjeuner étant arrivée, comme il n'y avait plus d'autres candidats, on me choisit. Élu à l'unanimité pour le déjeuner, je me résignai. Et me voilà. »

C'est égal ! j'éprouvai un fameux soulagement en apprenant que je venais d'entendre les élucubrations folles d'un malheureux déséquilibré et non le récit des prouesses d'un cannibale avide de sang.

L'HOMME AU MESSAGE POUR LE DIRECTEUR GÉNÉRAL

I

Il y a quelques jours, au commencement de février 1900, je reçus la visite d'un de mes amis qui vint me trouver à Londres où je réside en ce moment. Nous avons tous deux atteint l'âge où, en fumant une pipe pour tuer le temps, on parle beaucoup moins volontiers du charme de la vie que de ses propres ennuis. De fil en aiguille, mon ami se mit à invectiver le Département de la Guerre. Il paraît qu'un de ses amis vient d'inventer une chaussure qui pourrait être très utile aux soldats dans le Sud Africain.

C'est un soulier léger, solide et bon marché, imperméable à l'eau et qui conserve merveilleusement sa forme et sa rigidité. L'inventeur voudrait attirer sur sa découverte l'attention du Gouvernement, mais il n'a pas d'accointances et sait d'avance que les grands fonctionnaires ne feraient aucun cas d'une demande qu'il leur adresserait.

— Ceci montre qu'il n'a été qu'un maladroit, comme nous tous d'ailleurs, dis-je en l'interrompant. Continuez.

— Mais pourquoi dites-vous cela ? Cet homme a parfaitement raison.

— Ce qu'il avance est faux, vous dis-je. Continuez.

— Je vous prouverai qu'il...

— Vous ne pourrez rien prouver du tout. Je suis un vieux bonhomme de grande expérience. Ne discutez pas avec moi. Ce serait très déplacé et désobligeant. Continuez.

— Je veux bien, mais vous serez convaincu avant longtemps. Je ne suis pas un inconnu, et pourtant il m'a été aussi impossible qu'à mon ami, de faire parvenir cette communication au Directeur Général du Département des Cuirs et chaussures.

— Ce deuxième point est aussi faux que le premier. Continuez !

— Mais, sur mon honneur, je vous assure que j'ai échoué.

— Oh ! certainement, je le savais, vous n'aviez pas besoin de me le dire.

— Alors ? où voyez-vous un mensonge ?

— C'est dans l'affirmation que vous venez de me donner de l'impossibilité où vous croyez être d'attirer l'attention du Directeur Général sur le rapport de votre ami. Cette affirmation constitue un mensonge ; car moi je prétends que vous auriez pu faire agréer votre demande.

— Je vous dis que je n'ai pas pu. Après trois mois d'efforts ; je n'y suis pas arrivé.

— Naturellement. Je le savais sans que vous preniez la peine de me le dire. Vous auriez pu attirer son attention immédiatement si vous aviez employé le bon moyen, j'en dis autant pour votre ami.

— Je vous affirme que j'ai pris le bon moyen.

— Je vous dis que non.

— Comment le savez-vous ? Vous ignorez mes démarches.

— C'est possible, mais je maintiens que vous n'avez pas pris le bon moyen, et en cela je suis certain de ce que j'avance.

— Comment pouvez-vous en être sûr, quand vous ne savez pas ce que j'ai fait ?

— Votre insuccès est la preuve certaine de ce que j'avance. Vous avez pris, je le répète, une fausse direction. Je suis un homme de grande expérience, et...

— C'est entendu, mais vous me permettrez de vous expliquer comment j'ai agi pour mettre fin à cette discussion entre nous.

— Oh, je ne m'y oppose pas ; continuez donc, puisque vous éprouvez le besoin, de me raconter votre histoire. N'oubliez pas que je suis un vieux bonhomme...

— Voici : J'ai donc écrit au Directeur Général du Département des Cuirs et chaussures une lettre des plus courtoises, en lui expliquant...

— Le connaissez-vous personnellement ?

— Non.

— Voilà déjà un point bien clair. Vous avez débuté par une maladresse. Continuez...

— Dans ma lettre, j'insistais sur l'avenir assuré que promettait l'invention, vu le bon marché de ces chaussures, et j'offrais...

— D'aller le voir. Bien entendu, c'est ce que vous avez fait. Et de deux !

— Il ne m'a répondu que trois jours après.

— Naturellement ! Continuez.

— Il m'a envoyé trois lignes tout juste polies, en me remerciant de la peine que j'avais prise, et en me proposant...

— Rien du tout.

— C'est cela même. Alors je lui écrivis plus de détails sur mon invention...

— Et de trois !

— Cette fois je... n'obtins même pas de réponse. A la fin de la semaine, je revins à la charge et demandai une réponse avec une légère pointe d'aigreur.

— Et de quatre ! et puis après ?

— Je reçus une réponse me disant que ma lettre n'était pas arrivée ; on m'en demandait un double. Je recherchai la voie qu'avait suivie ma lettre et j'acquis la certitude qu'elle était bien arrivée ; j'en envoyai quand même une copie sans rien dire. Quinze jours se passèrent sans qu'on accordât la moindre attention à ma demande ; pendant ce temps, ma patience avait singulièrement diminué et j'écrivis une lettre très raide. Je proposais un rendez-vous pour le lendemain et j'ajoutai que si je n'avais pas de réponse, je considérerais ce silence du Directeur comme un acquiescement à ma demande.

— Et de cinq !

— J'arrivai à midi sonnant ; on m'indiqua une chaise dans l'antichambre en me priant d'attendre. J'attendis jusqu'à une heure et demie, puis je partis, humilié et furieux. Je laissai passer une semaine pour me calmer. J'écrivis ensuite et donnai un nouveau rendez-vous pour l'après-midi du lendemain.

— Et de six !

— Le Directeur m'écrivit qu'il acceptait. J'arrivai ponctuellement et restai assis sur ma chaise jusqu'à deux heures et demie. Écœuré et furieux, je sortis de cette antichambre maudite, jurant qu'on ne m'y reverrait jamais plus. Quant à l'incurie, l'incapacité et l'indifférence pour les intérêts de l'armée que venait de témoigner le Directeur Général du Département des Cuirs et chaussures, elles étaient décidément au-dessus de tout.

— Permettez ! Je suis un vieil homme de grande expérience et j'ai vu bien des gens passant pour intelligents qui n'avaient pas assez de bon sens pour mener à bonne fin une affaire aussi simple que celle dont vous m'entretenez. Vous n'êtes pas pour moi le premier échantillon de ce type, car j'en ai connu personnellement des millions et des milliards qui vous ressemblaient. Vous avez perdu trois mois bien inutilement ; l'inventeur les a perdus aussi, et les soldats n'en sont pas plus avancés ; total : neuf mois. Eh bien, maintenant je vais vous lire une anecdote que j'ai écrite hier soir, et demain dans la journée vous irez enlever votre affaire chez le Directeur Général.

— Je veux bien, mais le connaissez-vous ?

— Du tout, écoutez seulement mon histoire.

II

COMMENT LE RAMONEUR GAGNA L'OREILLE
DE L'EMPEREUR

I

L'été était venu ; les plus robustes étaient harassés par la chaleur torride ; les plus faibles, à bout de souffle, mouraient comme des mouches. Depuis des semaines, l'armée était décimée par la dysenterie, cette plaie du soldat ; et personne n'y trouvait un remède. Les médecins ne savaient plus où donner de la tête ; le succès de leur science et de leurs médicaments (d'une efficacité douteuse, entre nous), était dans le domaine du passé, et risquait fort d'y rester enfoui à tout jamais.

L'empereur appela en consultation les sommités médicales les plus en renom, car il était profondément affecté de cette situation. Il les traita fort sévèrement, et leur demanda compte de la mort de ses hommes ; connaissaient-ils leur métier, oui ou non ? étaient-ils des médecins ou simplement de vulgaires assassins ? Le plus haut en grade de ces assassins, qui était en même temps le doyen des médecins du pays et le plus considéré aux environs, lui répondit ceci :

« Majesté, nous avons fait tout notre possible, et nos efforts sont restés infructueux. Ni un médicament, ni un médecin ne peut guérir cette maladie ; la nature et une forte constitution seules peuvent triompher de ce mal maudit. Je suis vieux, j'ai de l'expérience. Ni médecine, ni médicaments ne peuvent en venir à bout, je le dis et je le répète. Quelquefois ils semblent aider la nature, mais en général ils ne font qu'aggraver la maladie. »

L'empereur, qui était un homme incrédule, emporté, invectiva les docteurs des épithètes les plus malsonnantes et les renvoya brutalement. Vingt-quatre heures après, il était pris, lui aussi, de ce mal cruel. La nouvelle vola de bouche en bouche, et remplit le pays de consternation. On ne parlait plus que de cette catastrophe et le découragement était général ; on commençait à perdre tout espoir. L'empereur lui-même était très abattu et soupirait en disant :

« Que la volonté de Dieu soit faite. Qu'on aille me chercher ces assassins, et que nous en finissions au plus vite. »

Ils accoururent, lui tâtèrent le pouls, examinèrent sa langue, et lui firent avaler un jeu complet de drogues, puis ils s'assirent patiemment à son chevet, et attendirent.

(Ils étaient payés à l'année et non à la tâche, ne l'oublions pas !)

II

Tommy avait seize ans ; c'était un garçon d'esprit, mais il manquait de relations ; sa position était trop humble pour cela et son emploi trop modeste. De fait, son métier ne pouvait pas le mettre en évidence ; car il travaillait sous les ordres de son père et vidait les puisards avec lui ; la nuit, il l'aidait à conduire sa voiture. L'ami intime de Tommy était Jimmy, le ramoneur ; un garçon de quatorze ans, d'apparence grêle ; honnête et travailleur, il avait un cœur d'or et faisait vivre sa mère infirme, de son travail dangereux et pénible.

L'empereur était malade depuis déjà un mois, lorsque ces deux jeunes gens se rencontrèrent un soir vers neuf heures. Tommy était en route pour sa besogne nocturne ; il n'avait naturellement pas endossé ses habits des jours de fête, et ses sordides vêtements de travail étaient loin de sentir bon ! Jimmy rentrait d'une journée ardue ; il était d'une noirceur inimaginable ; il portait ses balais sur son épaule, son sac à suie à la ceinture ; pas un trait de sa figure n'était d'ailleurs reconnaissable ; on n'apercevait au milieu de cette noirceur que ses yeux éveillés et brillants.

Ils s'assirent sur la margelle pour causer ; bien entendu ils abordèrent l'unique sujet de conversation : le malheur de la nation, la maladie de l'empereur. Jimmy avait conçu un projet et il brûlait du désir de l'exposer.

Il confia donc son secret à son ami :

— Tommy, dit-il, je puis guérir Sa Majesté ; je connais le moyen.

Tommy demanda stupéfait :

— Comment, toi ?

— Oui, moi.

— Mais, petit serin, les meilleurs médecins n'y arrivent pas.

— Cela m'est égal, moi j'y arriverai. Je puis le guérir en un quart d'heure.

— Allons, tais-toi. Tu dis des bêtises.

— La vérité. Rien que la vérité !

Jimmy avait un air si convaincu que Tommy se ravisa et lui demanda :

— Tu m'as pourtant l'air sûr de ton affaire, Jimmy. L'es-tu vraiment ?

— Parole d'honneur.

— Indique-moi ton procédé. Comment prétends-tu guérir l'empereur ?

— En lui faisant manger une tranche de melon d'eau.

Tommy, ébahi, se mit à rire à gorge déployée d'une idée aussi absurde. Il essaya pourtant de maîtriser son fou rire, lorsqu'il vit que Jimmy allait le prendre au tragique. Il lui tapa amicalement sur les genoux, sans se préoccuper de la suie, et lui dit :

— Ne t'offusque pas, mon cher, de mon hilarité. Je n'avais aucune mauvaise intention, Jimmy, je te l'assure. Mais, vois-tu, elle semblait si drôle, ton idée. Précisément dans ce camp où sévit la dysenterie, les médecins ont posé une affiche pour prévenir que ceux qui y introduiraient des melons d'eau seraient fouettés jusqu'au sang.

— Je le sais bien, les idiots ! dit Jimmy, sur un ton d'indignation et de colère. Les melons d'eau abondent aux environs et pas un seul de ces soldats n'aurait dû mourir.

— Voyons, Jimmy, qui t'a fourré cette lubie en tête ?

— Ce n'est pas une lubie, c'est un fait reconnu. Connais-tu le vieux Zulu aux cheveux gris ? Eh bien, voilà longtemps qu'il guérit une masse de nos amis ; ma mère l'a vu à l'œuvre et moi aussi. Il ne lui faut qu'une ou deux tranches de melon ; il ne s'inquiète pas si le mal est enraciné ou récent ; il le guérit sûrement.

— C'est très curieux. Mais si tu dis vrai, Jimmy, l'empereur devrait connaître cette particularité sans retard.

— Tu es enfin de mon avis ? Ma mère en a bien fait part à plusieurs personnes, espérant que cela lui serait répété, mais tous ces gens-là ne sont que des travailleurs ignorants qui ne savent pas comment parvenir à l'empereur.

— Bien entendu, ils ne savent pas se débrouiller, ces empaillés, répondit Tommy avec un certain mépris. Moi j'y parviendrais.

— Toi ? Un conducteur de voitures nocturnes, qui empestes à cent lieues à la ronde ?

Et à son tour, Jimmy se tordait de rire ; mais Tommy répliqua avec assurance :

— Ris si tu veux, je te dis que j'y arriverai.

Il paraissait si convaincu, que Jimmy en fut frappé et lui demanda avec gravité.

— Tu connais donc l'empereur ?

— Moi le connaître, tu es fou ? Bien sûr que non.

— Alors comment t'en tireras-tu ?

— C'est très simple. Devine. Comment procéderais-tu, Jimmy ?

— Je lui écrirais. J'avoue que je n'y avais jamais pensé auparavant ; mais je parie bien que c'est ton système ?

— Pour sûr que non. Et ta lettre, comment l'enverrais-tu ?

— Par le courrier, pardi !

Tommy haussa les épaules et lui dit :

— Allons, tu ne te doutes donc pas que tous les gaillards de l'Empire en font autant. Voyons ! Tu ne me feras pas croire que tu n'y avais pas réfléchi.

— Eh bien, non, répondit Jimmy ébahi.

— C'est vrai, j'oublie, mon cher, que tu es très jeune et par conséquent inexpérimenté. Un exemple, Jimmy ; quand un simple général, un poète, un acteur ou quelqu'un qui jouit d'une certaine notoriété tombe malade, tous les loustics du pays encombrent les journaux de remèdes infaillibles, de recettes merveilleuses qui le doivent guérir. Que penses-tu qu'il arrive s'il s'agit d'un empereur ?

— Je suppose qu'il en reçoit encore plus, dit Jimmy tout penaud.

— Ah ! je te crois ! Écoute-moi, Jimmy ; chaque nuit nous ramassons à peu près la valeur de six fois la charge de nos voitures, de ces fameuses lettres, qu'on jette dans la cour de derrière du Palais, environ quatre-vingt mille lettres par nuit. Crois-tu que quelqu'un s'amuse à les lire ? Pouah ! Pas une âme ! C'est ce qui arriverait à ta lettre si tu l'écrivais ; tu ne le feras pas, je pense bien ?

— Non, soupira Jimmy, déconcerté.

— Ça va bien, Jimmy ; ne t'inquiète pas et pars de ce principe qu'il y a mille manières différentes d'écorcher un chat. Je lui ferai savoir la chose, je t'en réponds.

— Oh, si seulement, tu pouvais, Tommy ! Je t'aimerais tant !

— Je le ferai, je te le répète. Ne te tourmente pas et compte sur moi.

— Oh ! oui. J'y compte Tommy, tu es si roublard et beaucoup plus malin que les autres. Mais comment feras-tu, dis-moi ?

Tommy commençait à se rengorger. Il s'installa confortablement pour causer, et entreprit son histoire :

— Connais-tu ce pauvre diable qui joue au boucher en se promenant avec un panier contenant du mou de veau et des foies avariés ? Eh bien, pour commencer, je lui confierai mon secret.

Jimmy, de plus en plus médusé, lui répondit :

— Voyons, Tommy, c'est méchant de te moquer de moi. Tu sais combien j'y suis sensible et tu es peu charitable de te payer ma tête comme tu le fais.

Tommy lui tapa amicalement sur l'épaule et lui dit :

— Ne te tourmente donc pas, Jimmy, je sais ce que je dis, tu le verras bientôt. Cette espèce de boucher racontera mon histoire à la marchande de marrons du coin ; je le lui demanderai d'ailleurs, parce que c'est sa meilleure amie. Celle-ci à son tour en parlera à sa tante, la riche fruitière du coin, celle qui demeure deux pâtés de maisons plus haut ; la fruitière le dira à son meilleur ami, le marchand de gibier, qui le répétera à son parent, le sergent de ville. Celui-ci le dira à son capitaine, le capitaine au magistrat ; le magistrat à son beau-frère, le juge du comté ; le juge du comté en parlera au shérif, le shérif au lord-maire, le lord-maire au président du Conseil, et le président du Conseil le dira à...

— Par saint Georges ! Tommy, c'est un plan merveilleux, comment as-tu pu...

— ... Au contre-amiral qui le répétera au vice-amiral ; le vice-amiral le transmettra à l'amiral des Bleus, qui le fera passer à l'amiral des Rouges ; celui-ci en parlera à l'amiral des Blancs ; ce dernier au premier lord de l'amirauté, qui le dira au président de la Chambre. Le président de la Chambre le dira...

— Continue, Tommy, tu y es presque.

— ... Au piqueur en chef ; celui-ci le racontera au premier groom ; le premier groom au grand écuyer ; le grand écuyer au premier lord de service ; le premier lord de service au grand chambellan ; le grand chambellan à l'intendant du palais ; l'intendant du palais le confiera au petit page favori qui évente l'empereur ; le page enfin se mettra à genoux et chuchotera la chose à l'oreille de Sa Majesté... et le tour sera joué !! !

— Il faut que je me lève pour t'applaudir deux fois, Tommy, voilà bien la plus belle idée qui ait jamais été conçue. Comment diable as-tu pu l'avoir ?

— Assieds-toi et écoute ; je vais te donner de bons principes, tu ne les oublieras pas tant que tu vivras. Eh ! bien, qui est ton plus cher ami, celui auquel tu ne pourrais, ni ne voudrais rien refuser ?

— Comment, Tommy ? Mais c'est toi, tu le sais bien.

— Suppose un instant que tu veuilles demander un assez grand service au marchand de mou de veau. Comme tu ne le connais pas, il t'enverrait promener à tous les diables, car il est de cette espèce de gens ; mais il se trouve qu'après toi, il est mon meilleur ami, et qu'il se ferait hacher en menus morceaux pour me rendre un service, n'importe lequel. Après cela, je te demande, quel est le moyen le plus sûr : d'aller le trouver toi-même et de le prier de parler à la marchande de marrons de ton remède de melon d'eau, ou bien de me demander de le faire pour toi ?

— Il vaudrait mieux t'en charger, bien sûr. Je n'y aurais jamais pensé, Tommy, c'est une idée magnifique.

— C'est de la haute philosophie, tu vois ; le mot est somptueux, mais juste. Je me base sur ce principe que : chacun en ce monde, petit ou grand, a un ami particulier, un ami de cœur à qui il est heureux de rendre service. (Je ne veux parler naturellement que de services rendus avec bonne humeur et sans rechigner).

Ainsi peu m'importe ce que tu entreprends ; tu peux toujours arriver à qui tu veux, même si, personnage sans importance, tu t'adresses à quelqu'un de très haut placé. C'est bien simple ; tu n'as qu'à trouver un premier ami porte-parole ; voilà tout, ton rôle s'arrête là. Cet ami en cherche un autre, qui à son tour en trouve un troisième et ainsi de suite, d'ami en ami, de maille en maille, on forme la chaîne ; libre à toi d'en suivre les maillons en montant ou en descendant à ton choix.

— C'est tout simplement admirable, Tommy !

— Mais aussi simple et facile que possible ; c'est l'A B C ; pourtant, as-tu jamais connu quelqu'un sachant employer ce moyen ? Non, parce que le monde est inepte. On va sans introduction trouver un étranger, ou bien on lui écrit ; naturellement on reçoit une douche froide, et ma foi, c'est parfaitement bien fait. Eh ! bien, l'empereur ne me connaît pas, peu importe ; il mangera son melon d'eau demain. Tu verras, je te le promets. Voilà le marchand de mou de veau. Adieu, Jimmy, je vais le surprendre.

Il le surprit en effet, et lui demanda :

— Dites-moi, voulez-vous me rendre un service ?

— Si je veux ? en voilà une question ! Je suis votre homme. Dites ce que vous voulez, et vous me verrez voler.

— Allez dire à la marchande de marrons de tout planter là, et de vite porter ce message à son meilleur ami ; recommandez-lui de prier cet ami de faire la boule de neige. »

Il exposa la nature du message, et le quitta en disant : « Maintenant, dépêchez-vous. »

Un instant après, les paroles du ramoneur étaient en voie de parvenir à l'empereur.

III

Le lendemain, vers minuit, les médecins étaient assis dans la chambre impériale et chuchotaient entre eux, très inquiets, car la maladie de l'empereur semblait grave. Ils ne pouvaient se dissimuler que chaque fois qu'ils lui administraient une nouvelle drogue, il s'en trouvait plus mal. Cette constatation les attristait, en leur enlevant tout espoir. Le pauvre empereur émacié somnolait, les yeux fermés. Son page favori chassait les mouches autour de son chevet et pleurait doucement. Tout à coup le jeune homme entendit le léger froufrou d'une portière qu'on écarte ; il se retourna et aperçut le lord grand-maître du palais qui passait la tête par la portière entrebâillée et lui faisait signe de venir à lui. Vite le page accourut sur la pointe des pieds vers son cher ami le grand-maître ; ce dernier lui dit avec nervosité :

— Toi seul, mon enfant, peux le persuader. Oh ! n'y manque pas. Prends ceci, fais-le lui manger et il est sauvé.

— Sur ma tête, je le jure il le mangera.

C'étaient deux grosses tranches de melon d'eau, fraîches, succulentes d'aspect.

IV

Le lendemain matin, la nouvelle se répandit partout que l'empereur était hors d'affaire et complètement remis. En revanche, il avait fait pendre les médecins. La joie éclata dans tout le pays, et on se prépara à illuminer magnifiquement.

Après le déjeuner, Sa Majesté méditait dans un bon fauteuil : l'empereur voulait témoigner sa reconnaissance infinie, et cherchait quelle récompense il pourrait accorder pour exprimer sa gratitude à son bienfaiteur.

Lorsque son plan fut bien arrêté, il appela son page et lui demanda s'il avait inventé ce remède. Le jeune homme dit que non, que le grand maître du palais le lui avait indiqué.

L'empereur le congédia et se remit à réfléchir :

Le grand-maître avait le titre de comte : il allait le créer duc, et lui donnerait de vastes propriétés qu'il confisquerait à un membre de l'opposition. Il le fit donc appeler et lui demanda s'il était l'inventeur du remède. Mais le grand-maître, qui était un honnête homme, répondit qu'il le tenait du grand chambellan. L'empereur le renvoya et réfléchit de nouveau : le chambellan était vicomte ; il le ferait comte, et lui donnerait de gros revenus. Mais le chambellan répondit qu'il tenait le remède du premier lord de service.

Il fallait encore réfléchir. Ceci indisposa un peu Sa Majesté qui songea à une récompense moins magnanime. Mais le premier lord de service tenait le remède d'un autre gentilhomme ! L'empereur s'assit de nouveau et chercha dans sa tête une récompense plus modeste et mieux proportionnée à la situation de l'inventeur du remède.

Enfin de guerre lasse, pour rompre la monotonie de ce travail imaginatif et hâter la besogne, il fit venir le grand chef de la police, et lui donna l'ordre d'instruire cette affaire et d'en remonter le fil, pour lui permettre de remercier dignement son bienfaiteur.

Dans la soirée, à neuf heures, le grand chef de la police apporta la clef de l'énigme. Il avait suivi le fil de l'histoire, et s'était ainsi arrêté à un jeune gars, du nom de Jimmy, ramoneur de profession. L'empereur s'écria avec une profonde émotion.

— C'est ce brave garçon qui m'a sauvé la vie ! il ne le regrettera pas.

Et... il lui envoya une de ses paires de bottes, celles qui lui servaient de bottes numéro deux !

Elles étaient trop grandes pour Jimmy, mais chaussaient parfaitement le vieux Zulu. A part cela, tout était bien !! !

III

CONCLUSION DE L'HISTOIRE DE L'HOMME AU MESSAGE

— Maintenant, saisissez-vous mon idée ?

— Je suis obligé de reconnaître que vous êtes dans le vrai. Je suivrai vos conseils et j'ai bon espoir de conclure mon affaire demain. Je connais intimement le meilleur ami du directeur général. Il me donnera une lettre d'introduction avec un mot explicatif sur l'intérêt que peut présenter mon affaire pour le gouvernement. Je le porterai moi-même sans avoir pris de rendez-vous préalable et le ferai remettre au directeur avec ma carte. Je suis sûr que je n'aurai pas à attendre une demi-minute.

Tout se passa à la lettre, comme il le prévoyait, et le gouvernement adopta les chaussures.

LES GEAIS BLEUS

Les animaux causent entre eux ; personne n'en peut douter, mais je crois que peu de gens comprennent leur langage. Je n'ai jamais connu qu'un homme possédant ce don particulier ; mais je suis certain qu'il le possède, car il m'a fortement documenté sur la question.

C'était un mineur d'âge moyen, au cœur simple ; il avait vécu longtemps dans les forêts et les montagnes solitaires de la Californie, étudiant les mœurs de ses seuls voisins, les animaux et les oiseaux ; il parvint ainsi à traduire fidèlement leurs gestes et leurs attitudes. Il s'appelait Jim Baker. Selon lui, quelques animaux ont une éducation des plus sommaires et n'emploient que des mots très simples, sans comparaisons ni images fleuries ; d'autres, au contraire, possèdent un vocabulaire étendu, un langage choisi, et jouissent d'une énonciation facile ; ces derniers sont naturellement plus bavards, ils aiment entendre le son de leur voix et sont ravis de produire leur petit effet. Après une mûre observation, Baker conclut que les geais bleus sont les plus beaux parleurs de tous les oiseaux et animaux. Voici ce qu'il raconte :

« Le geai bleu est très supérieur aux autres animaux ; mieux doué qu'eux, il a des sentiments plus affinés et plus élevés, et il sait les exprimer tous, dans un langage élégant, harmonieux et très fleuri. Quant à la facilité d'élocution, vous ne voyez jamais un geai bleu rester à court de mots. Ils lui viennent tout naturellement d'abord à l'esprit, ensuite au bout de la langue. Autre détail : j'ai observé bien des animaux, mais je n'ai jamais vu un oiseau, une vache ou aucune autre bête parler une langue plus irréprochable que le geai bleu. Vous me direz que le chat s'exprime merveilleusement. J'en conviens, mais prenez-le au moment où il entre en fureur, au moment où il se crêpe le poil avec un autre chat, au milieu de la nuit ; vous m'en direz des nouvelles, la grammaire qu'il emploie vous donnera le tétanos !

« Les profanes s'imaginent que les chats nous agacent par le tapage qu'ils font en se battant ; profonde erreur ! en réalité, c'est leur déplorable syntaxe qui nous exaspère. En revanche, je n'ai jamais entendu un geai employer un mot déplacé ; le fait est des plus rares, et quand ils se rendent coupables d'un tel méfait, ils sont aussi honteux que des êtres humains ; ils ferment le bec immédiatement et s'éloignent pour ne plus revenir.

« Vous appelez un geai un oiseau : c'est juste, car il a des plumes et n'appartient au fond à aucune paroisse ; mais à part cela, je le déclare un être aussi humain que vous et moi. Je vous en donnerai la raison : les facultés, les sentiments, les instincts, les intérêts des geais sont universels. Un geai n'a pas plus de principes qu'un député ou un ministre : il ment, il vole, il trompe, et trahit avec la même désinvolture, et quatre fois sur cinq il manquera à ses engagements les plus solennels. Un geai n'admet jamais le caractère sacré d'une parole donnée. Autre trait caractéristique : le geai jure comme un mineur. Vous trouvez déjà que les chats jurent comme des sapeurs ; mais donnez à un geai l'occasion de sortir son vocabulaire au grand complet, vous m'en direz des nouvelles : il battra le chat, haut la main, dans ce record spécial. Ne cherchez pas à me contredire : je suis trop au courant de leurs mœurs. Autre particularité : le geai bleu surpasse toute créature humaine ou divine dans l'art de gronder : il le fait simplement avec un calme, une mesure, et une pondération parfaite. Oui, monsieur, un geai vaut un homme. Il pleure, il rit, et prend des airs contrits ; je l'ai entendu raisonner, se disputer et discuter ; il aime les histoires, les potins, les scandales ; avec cela plein d'esprit, il sait reconnaître ses torts aussi bien que vous et moi. Et maintenant je vais vous raconter une histoire de geais bleus, parfaitement authentique :

« Lorsque je commençai à comprendre leur langage, il survint ici un petit incident. Le dernier homme qui habitait la région avec moi, il y a sept ans, s'en alla. Vous voyez d'ailleurs sa maison. Elle est restée vide depuis ; elle se compose d'une hutte en planches, avec une grande pièce et voilà tout ; un toit de chaume et pas de plafond. Un dimanche matin, j'étais assis sur le seuil de ma hutte, et je prenais l'air avec mon chat ; je regardais le ciel bleu, en écoutant le murmure solitaire des feuilles, et en songeant, rêveur, à mon pays natal dont j'étais privé de nouvelles depuis treize ans ; un geai bleu parut sur cette maison déserte ; il tenait un gland dans son bec, et se mit à parler : « Tiens, disait-il, je viens de me heurter à quelque chose. » Le gland tomba de son bec, roula par terre ; il n'en parut pas autrement contrarié et resta très absorbé par son idée. Il avait vu un trou dans le toit ; il ferma un œil, tourna la tête successivement des deux côtés, et essaya de voir ce qu'il y avait au fond de ce trou ; je le vis bientôt relever la tête, son œil brillait. Il se mit à battre des ailes deux ou trois fois, ce qui est un indice de grande satisfaction, et s'écria : « C'est un trou ou je ne m'y connais pas ; c'est sûrement un trou. »

« Il regarda encore ; son œil s'illumina, puis, battant des ailes et de la queue, il s'écria : « J'en ai, une veine ! C'est un trou, et un trou des mieux conditionnés. » D'un coup d'aile, il plongea, ramassa le gland et le jeta dans le trou ; sa physionomie exprimait une joie indescriptible, lorsque soudain son sourire se figea sur son bec, et fit place à une profonde stupeur : « Comment se fait-il, dit-il, que je ne l'aie pas entendu tomber ? » Il regarda de nouveau, et resta très pensif ; il fit le tour du trou en tous sens, bien décidé à percer ce mystère ; il ne trouva rien. Il s'installa alors sur le haut du toit, et se prit à réfléchir en se grattant la tête avec sa patte. « Je crois que j'entreprends là un travail colossal ; le trou doit être immense, et je n'ai pas le temps de m'amuser. »

« Il s'en alla à tire d'aile, ramassa un autre gland, le jeta dans le trou et essaya de voir jusqu'où il était tombé, mais en vain ; alors il poussa un profond soupir. « Le diable s'en mêle, dit-il, je n'y comprends plus rien, mais je ne me laisserai pas décourager pour si peu. » Il retourna chercher un gland et recommença son expérience, sans arriver à un résultat meilleur.

« C'est curieux, marmotta-t-il ; je n'ai jamais vu un trou pareil ; c'est évidemment un nouveau genre de trou. » Il commençait pourtant à s'énerver. Persuadé qu'il avait affaire à un trou ensorcelé, il secouait la tête en ronchonnant ; il ne perdit pas cependant tout espoir et ne se laissa pas aller au découragement. Il arpenta le toit de long en large, revint au trou et lui tint ce langage : « Vous êtes un trou extraordinaire, long, profond ; un trou peu banal, mais j'ai décidé de vous remplir ; j'y arriverai coûte que coûte, dussé-je peiner des années. »

Il se mit donc au travail ; je vous garantis que vous n'avez jamais vu un oiseau aussi actif sous la calotte des cieux. Pendant deux heures et demie, il ramassa et jeta des glands avec une ardeur dévorante, sans même prendre le temps de regarder où en était son ouvrage. Mais la fatigue l'envahit et il lui sembla que ses ailes pesaient cent kilos chacune. Il jeta un dernier gland et soupira : « Cette fois je veux être pendu si je ne me rends pas maître de ce trou. » Il regarda de près son travail. Vous allez me traiter de blagueur, lorsque je vous dirai que je vis mon geai devenir pâle de colère.

« Comment, s'écria-t-il, j'ai réuni là assez de glands pour nourrir ma famille pendant trente ans et je n'en vois pas la moindre trace. Il n'y a pas à en douter : si j'y comprends quelque chose, je veux que l'on m'empaille, qu'on me bourre le ventre de son et qu'on me loge au musée. » Il eut à peine la force de se traîner vers la crête du toit et de s'y poser, tant il était brisé de fatigue et de découragement. Il se ressaisit pourtant et rassembla ses esprits.

« Un autre geai passa ; l'entendant invoquer le ciel, il s'enquit du malheur qui lui arrivait. Notre ami lui donna tous les détails de son aventure. « Voici le trou, lui dit-il, et si vous ne me croyez pas, descendez vous convaincre vous-même. » Le camarade revint au bout d'un instant : « Combien avez-vous enfoui de glands là-dedans ? » demanda-t-il. — « Pas moins de deux tonneaux. »

« Le nouveau venu retourna voir, mais, n'y comprenant rien, il poussa un cri d'appel qui attira trois autres geais. Tous, réunis, procédèrent à l'examen du trou, et se firent raconter de nouveau les détails de l'histoire ; après une discussion générale leurs opinions furent aussi divergentes que celles d'un comité de notables humains réunis pour trancher d'une question grave. Ils appelèrent d'autres geais ; ces volatiles accoururent en foule si compacte que leur nombre finit par obscurcir le ciel. Il y en avait bien cinq mille ; jamais de votre vie vous n'avez entendu des cris, des querelles et un carnage semblables. Chacun des geais alla regarder le trou ; en revenant, il s'empressait d'émettre un avis différent de son prédécesseur. C'était à qui fournirait l'explication la plus abracadabrante. Ils examinèrent la maison par tous les bouts. Et comme la porte était entr'ouverte, un geai eut enfin l'idée d'y pénétrer. Le mystère fut bien entendu éclairci en un instant : il trouva tous les glands par terre. Notre héros battit des ailes et appela ses camarades : « Arrivez ! arrivez ! criait-il ; ma parole ! cet imbécile n'a-t-il pas eu la prétention de remplir toute la maison avec des glands ? » Ils vinrent tous en masse, formant un nuage bleu ; en découvrant la clef de l'énigme ils s'esclaffèrent de la bêtise de leur camarade.

« Eh bien ! monsieur, après cette aventure, tous les geais restèrent là une grande heure à bavarder comme des êtres humains. Ne me soutenez donc plus qu'un geai n'a pas l'esprit grivois ; je sais trop le contraire. Et quelle mémoire aussi ! Pendant trois années consécutives, je vis revenir, chaque été, une foule de geais des quatre coins des États-Unis : tous admirèrent le trou, d'autres oiseaux se joignirent à ces pèlerins, et tous se rendirent compte de la plaisanterie, à l'exception d'une vieille chouette originaire de Nova-Scotia. Comme elle n'y voyait que du bleu, elle déclara qu'elle ne trouvait rien de drôle à cette aventure ; elle s'en retourna, et regagna son triste logis très désappointée. »

COMMENT J'AI TUÉ UN OURS

On a raconté tant d'histoires invraisemblables sur ma chasse à l'ours de l'été dernier, à Adirondack, qu'en bonne justice je dois au public, à moi-même et aussi à l'ours, de relater les faits qui s'y rattachent avec la plus parfaite véracité. Et d'ailleurs il m'est arrivé si rarement de tuer un ours, que le lecteur m'excusera de m'étendre trop longuement peut-être sur cet exploit.

Notre rencontre fut inattendue de part et d'autre. Je ne chassais pas l'ours, et je n'ai aucune raison de supposer que l'ours me cherchait. La vérité est que nous cueillions des mûres, chacun de notre côté, et que nous nous rencontrâmes par hasard, ce qui arrive souvent. Les voyageurs qui passent à Adirondack ont souvent exprimé le désir de rencontrer un ours ; c'est-à-dire que tous voudraient en apercevoir un, de loin, dans la forêt ; ils se demandent d'ailleurs ce qu'ils feraient en présence d'un animal de cette espèce. Mais l'ours est rare et timide et ne se montre pas souvent.

C'était par une chaude après-midi d'août ; rien ne faisait supposer qu'un événement étrange arriverait ce jour-là. Les propriétaires de notre chalet eurent l'idée de m'envoyer dans la montagne, derrière la maison, pour cueillir des mûres. Pour arriver dans les bois, il fallait traverser des prairies en pente, tout entrecoupées de haies, vraiment fort pittoresques. Des vaches pâturaient paisibles, au milieu de ces haies touffues dont elles broutaient le feuillage. On m'avait aimablement muni d'un seau, et prié de ne pas m'absenter trop longtemps.

Pourquoi, ce jour-là, avais je pris un fusil ? Ce n'est certes pas par intuition, mais par pur amour-propre. Une arme, à mon avis, devait me donner une contenance masculine et contrebalancer l'effet déplorable produit par le seau que je portais ; et puis, je pouvais toujours faire lever un perdreau (au fond j'aurais été très embarrassé de le tirer au vol, et surtout de le tuer). Beaucoup de gens emploient des fusils pour chasser le perdreau ; moi je préfère la carabine qui mutile moins la victime et ne la crible pas de plombs. Ma carabine était une « Sharps », faite pour tirer à balle. C'était une arme excellente qui appartenait à un de mes amis ; ce dernier rêvait depuis des années de s'en servir pour tuer un cerf. Elle portait si juste qu'il pouvait, — si le temps était propice et l'atmosphère calme, — atteindre son but à chaque coup. Il excellait à planter une balle dans un arbre à condition toutefois que l'arbre ne fût pas trop éloigné. Naturellement, l'arbre devait aussi offrir une certaine surface !

Inutile de dire que je n'étais pas à cette époque un chasseur émérite. Il y a quelques années, j'avais tué un rouge-gorge dans des circonstances particulièrement humiliantes. L'oiseau se tenait sur une branche très basse de cerisier. Je chargeai mon fusil, me glissai sous l'arbre, j'appuyai mon arme sur la haie, en plaçant la bouche à dix pas de l'oiseau, je fermai les yeux et tirai ! Lorsque je me relevai pour voir le résultat, le malheureux rouge-gorge était en miettes, éparpillées de tous les côtés, et si imperceptibles que le meilleur naturaliste n'aurait jamais pu déterminer à quelle famille appartenait l'oiseau.

Cet incident me dégoûta à tout jamais de la chasse ; si j'y fais allusion aujourd'hui, c'est uniquement pour prouver au lecteur que malgré mon arme je n'étais pas un ennemi redoutable pour l'ours.

On avait déjà vu des ours dans ces parages, à proximité des mûriers. L'été précédent, notre cuisinière nègre, accompagnée d'une enfant du voisinage, y cueillait des mûres, lorsqu'un ours sortit de la forêt, et vint au-devant d'elle. L'enfant prit ses jambes à son cou et se sauva. La brave Chloé fut paralysée de terreur ; au lieu de chercher à courir, elle s'effondra sur place, et se mit à pleurer et à hurler au perdu. L'ours, terrorisé par ces simagrées, s'approcha d'elle, la regarda, et fit le tour de la bonne femme en la surveillant du coin de l'œil. Il n'avait probablement jamais vu une femme de couleur, et ne savait pas bien au fond si elle ferait son affaire ; quoi qu'il en soit, après réflexion, il tourna les talons et regagna la forêt. Voilà un exemple authentique de la délicatesse d'un ours, beaucoup plus remarquable que la douceur du lion africain envers l'esclave auquel il tend la patte pour se faire extirper une épine. Notez bien que mon ours n'avait pas d'épine dans le pied.

Lorsque j'arrivai au haut de la colline, je posai ma carabine contre un arbre, et me mis en devoir de cueillir mes mûres, allant d'une haie à l'autre, et ne craignant pas ma peine pour remplir consciencieusement mon seau. De tous côtés, j'entendais le tintement argentin des clochettes des vaches, le craquement des branches qu'elles cassaient en se réfugiant sous les arbres pour se mettre à l'abri des mouches et des taons. De temps à autre, je rencontrais une vache paisible qui me regardait avec ses grands yeux bêtes, et se cachait dans la haie. Je m'habituai très vite à cette société muette, et continuai à cueillir mes mûres au milieu de tous ces bruits de la campagne ; j'étais loin de m'attendre à voir poindre un ours. Pourtant, tout en faisant ma cueillette, mon cerveau travaillait et, par une étrange coïncidence, je forgeai dans ma tête le roman d'une ourse qui, ayant perdu son ourson, aurait, pour le remplacer, pris dans la forêt une toute petite fille, et l'aurait emmenée tendrement dans une grotte pour l'élever au miel et au lait. En grandissant, l'enfant mue par l'instinct héréditaire, se serait échappée, et serait revenue un beau jour chez ses parents qu'elle aurait guidés jusqu'à la demeure de l'ourse. (Cette partie de mon histoire demandait à être approfondie, car je ne vois pas bien à quoi l'enfant aurait pu reconnaître son père et dans quel langage elle se serait fait comprendre de lui.)

Quoi qu'il en soit, le père avait pris son fusil, et, suivant l'enfant ingrate, était entré dans la forêt ; il avait tué l'ourse qui ne se serait même pas défendue ; la pauvre bête en mourant avait adressé un regard de reproche à son meurtrier. La morale suivante s'imposait à mon histoire :

« Soyez bons envers les animaux. »

J'étais plongé dans ma rêverie, lorsque par hasard, je levai les yeux et vis devant moi à quelques mètres de la clairière... un ours ! Debout sur ses pattes de derrière, il faisait comme moi, il cueillait des mûres : d'une patte il tirait à lui les branches trop hautes, tandis que de l'autre il les portait à sa bouche ; mûres ou vertes, peu lui importait, il avalait tout sans distinction. Dire que je fus surpris, constituerait une expression bien plate. Je vous avoue en tout cas bien sincèrement que l'envie de me trouver nez à nez avec un ours me passa instantanément. Dès que cet aimable gourmand s'aperçut de ma présence, il interrompit sa cueillette, et me considéra avec une satisfaction apparente. C'est très joli d'imaginer ce qu'on ferait en face de tel ou tel danger, mais en général, on agit tout différemment ; c'est ce que je fis. L'ours retomba lourdement sur ses quatre pattes, et vint à moi à pas comptés. Grimper à un arbre ne m'eût servi à rien car l'ours était certainement plus adroit que moi à cet exercice. Me sauver ? Il me poursuivrait, et bien qu'un ours coure plus vite à la montée qu'à la descente, je pensai que dans les terres lourdes et embroussaillées, il m'aurait bien vite rattrapé.

Il se rapprochait de moi ; je me demandais avec angoisse comment je pourrais l'occuper jusqu'à ce que j'aie rejoint mon fusil laissé au pied d'un arbre. Mon seau était presque plein de mûres excellentes, bien meilleures que celles cueillies par mon adversaire. Je posai donc mon seau par terre, et reculai lentement en fixant mon ours des yeux à la manière des dompteurs. Ma tactique réussit.

L'ours se dirigea vers le seau et s'arrêta. Fort peu habitué à manger dans un ustensile de ce genre, il le renversa et fouilla avec son museau dans cet amas informe de mûres, de terre et de feuilles. Certes, il mangeait plus salement qu'un cochon. D'ailleurs lorsqu'un ours ravage une pépinière d'érables à sucre, au printemps, on est toujours sûr qu'il renversera tous les godets à sirops, et gaspillera plus qu'il ne mange. A ce point de vue, il ne faut pas demander à un ours d'avoir des manières élégantes !

Dès que mon adversaire eut baissé la tête, je me mis à courir ; tout essoufflé, tremblant d'émotion, j'arrivai à ma carabine. Il n'était que temps. J'entendais l'ours briser les branches qui le gênaient pour me poursuivre. Exaspéré par le stratagème que j'avais employé, il marchait sur moi avec des yeux furibonds.

Je compris que l'un de nous deux allait passer un mauvais quart d'heure ! La lucidité et la présence d'esprit dans les circonstances pathétiques de la vie sont faits assez connus pour que je les passe sous silence. Toutes les idées qui me traversèrent le cerveau pendant que l'ours dévalait sur moi auraient eu peine à tenir dans un gros in-octavo. Tout en chargeant ma carabine, je passai rapidement en revue mon existence entière, et je remarquai avec terreur qu'en face de la mort on ne trouve pas une seule bonne action à son acquit, tandis que les mauvaises affluent d'une manière humiliante. Je me rappelai, entre autres fautes, un abonnement de journal que je n'avais pas payé pendant longtemps, remettant toujours ma dette d'une année à l'autre ; il m'était hélas ! impossible de réparer mon indélicatesse car l'éditeur était décédé et le journal avait fait faillite.

Et mon ours approchait toujours ! Je cherchai à me remémorer toutes les lectures que j'avais faites sur des histoires d'ours et sur des rencontres de ce genre, mais je ne trouvai aucun exemple d'homme sauvé par la fuite. J'en conclus alors que le plus sûr moyen de tuer un ours était de le tirer à balle, quand on ne peut pas l'assommer d'un coup de massue. Je pensai d'abord à le viser à la tête, entre les deux yeux, mais ceci me parut dangereux. Un cerveau d'ours est très étroit, et à moins d'atteindre le point vital, l'animal se moque un peu d'avoir une balle de plus ou de moins dans la tête.

Après mille réflexions précipitées, je me décidai à viser le corps de l'ours sans chercher un point spécial.

J'avais lu toutes les méthodes de Creedmoore, mais il m'était difficile d'appliquer séance tenante le fruit de mes études scientifiques. Je me demandai si je devais tirer couché, à plat ventre, ou sur le dos, en appuyant ma carabine sur mes pieds. Seulement dans toutes ces positions, je ne pourrais voir mon adversaire que s'il se présentait à deux pas de moi ; cette perspective ne m'était pas particulièrement agréable. La distance qui me séparait de mon ennemi était trop courte, et l'ours ne me donnerait pas le temps d'examiner le thermomètre ou la direction du vent. Il me fallait donc renoncer à appliquer la méthode Creedmoore, et je regrettai amèrement de n'avoir pas lu plus de traités de tir.

L'ours approchait de plus en plus ! A ce moment, je pensai, la mort dans l'âme, à ma famille ; comme elle se compose de peu de membres, cette revue fut vite passée. La crainte de déplaire à ma femme ou de lui causer du chagrin dominait tous mes sentiments. Quelle serait son angoisse en entendant sonner les heures et en ne me voyant pas revenir ! Et que diraient les autres, en ne recevant pas leurs mûres à la fin de la journée ; Quelle douleur pour ma femme, lorsqu'elle apprendrait que j'avais été mangé par un ours ! Cette seule pensée m'humilia : être la proie d'un ours ! Mais une autre préoccupation hantait mon esprit ! On n'est pas maître de son cerveau à ces moments-là ! Au milieu des dangers les plus graves, les idées les plus saugrenues se présentent à vous. Pressentant en moi-même le chagrin de mes amis, je cherchai à deviner l'épitaphe qu'ils feraient graver sur ma tombe, et arrêtai mon choix sur cette dernière :

CI-GIT UN TEL

MANGÉ PAR UN OURS

LE 20 AOUT 1877.

Cette épitaphe me parut triviale et malsonnante. Ce « mangé par un ours » m'était profondément désagréable, et me ridiculisait. Je fus pris de pitié pour notre pauvre langue ; en effet ce mot « mangé » demandait une explication ; signifiait-il que j'avais été la proie d'un cannibale ou d'un animal ? Cette méprise ne saurait exister en allemand, où le mot « essen » veut dire mangé par un homme et « fressen » par un animal. Comme la question se simplifierait en allemand !

HIER LIEGT

HOCHWOHLGEBOREN

HERR X.

GEFRESSEN

AUGUST 20. 1877.

Ceci va de soi. Il saute aux yeux d'après cette inscription que le Herr X... a été la victime d'un ours, animal qui jouit d'une réputation bien établie depuis le prophète Elisée.

Et l'ours approchait toujours ! ou plus exactement, il était à deux pas de moi. Il pouvait me voir dans le blanc des yeux ! Toutes mes réflexions précédentes dansaient dans ma tête avec incohérence. Je soulevai mon fusil, je mis en joue et je tirai.

Puis, je me sauvai à toutes jambes. N'entendant pas l'ours me poursuivre, je me retournai pour regarder en arrière ; l'ours était couché. Je me rappelai que la prudence recommande au chasseur de recharger son fusil aussitôt qu'il a tiré. C'est ce que je fis sans perdre de vue mon ours. Il ne bougeait pas. Je m'approchai de lui avec précaution, et constatai un tremblement dans ses pattes de derrière ; en dehors de cela, il n'esquissait pas le moindre mouvement. Qui sait s'il ne jouait pas la comédie avec moi ? Un ours est capable de tout ! Pour éviter ce nouveau danger je lui tirai à bout portant une balle dans la tête ; cela me parut plus sûr. Je me trouvais donc débarrassé de mon redoutable adversaire. La mort avait été rapide et sans douleur, et devant le beau calme de mon ennemi, je me sentis impressionné.

Je rentrai chez moi, très fier d'avoir tué un ours.

Malgré ma surexcitation bien naturelle, j'essayai d'opposer une indifférence simulée aux nombreuses questions qui m'assaillirent.

— Où sont les mûres ?

— Pourquoi avez-vous été si longtemps dehors ?

— Qu'avez-vous fait du seau ?

— Je l'ai laissé.

— Laissé ? où ? pourquoi ?

— Un ours me l'a demandé.

— Quelle stupidité !

— Mais non, je vous affirme que je l'ai offert à un ours.

— Allons donc ! vous ne nous ferez pas croire que vous avez vu un ours ?

— Mais si, j'en ai vu un !

— Courait-il ?

— Oui, il a couru après moi !

— Ce n'est pas vrai. Qu'avez-vous fait ?

— Oh ! rien de particulier, — je l'ai tué.

Cris surhumains : « Pas vrai ! » — « Où est-il ? »

— Si vous voulez le voir, il faut que vous alliez dans la forêt. Je ne pouvais pas l'emporter tout seul.

Après avoir satisfait toutes les curiosités de la maisonnée et calmé leurs craintes rétrospectives à mon endroit, j'allai demander de l'aide aux voisins. Le grand chasseur d'ours, qui tient un hôtel en été, écouta mon histoire avec un sourire sceptique ; son incrédulité gagna tous les habitants de l'hôtel et de la localité. Cependant comme j'insistais sans le faire à la pose, et que je leur proposais de les conduire sur le théâtre de mon exploit, une quarantaine de personnes acceptèrent de me suivre et de m'aider à ramener l'ours. Personne ne croyait en trouver un ; pourtant chacun s'arma dans la crainte d'une fâcheuse rencontre, qui d'un fusil, d'un pistolet, un autre d'une fourche, quelques-uns de matraques et de bâtons ; on ne saurait user de trop de précautions.

Mais lorsque j'arrivai à l'endroit psychologique et que je montrai mon ours, une espèce de terreur s'empara de cette foule incrédule. Par Jupiter ! c'était un ours véritable ; quant aux ovations qui saluèrent le héros de l'aventure...

ma foi, par modestie, je les passe sous silence. Quelle procession pour ramener l'ours ! et quelle foule pour le contempler lorsqu'il fut déposé chez moi ! Le meilleur prédicateur n'aurait pas réuni autant de monde pour écouter un sermon, le dimanche.

Au fond, je dois reconnaître que mes amis, tous sportsmen accomplis, se conduisirent très correctement à mon égard. Ils ne contestèrent pas l'identité de l'ours, mais ils le trouvèrent très petit. M. Deane, en sa qualité de tireur et de pêcheur émérite, reconnut que j'avais fait là un joli coup de fusil ; son opinion me flatta d'autant plus que personne n'a jamais pris autant de saumons que lui aux États-Unis et qu'il passe pour un chasseur très remarquable.

Pourtant il fit remarquer, sans succès d'ailleurs, après examen de la blessure de l'ours, qu'il en avait déjà vu d'analogues causées par des cornes de vache !!

A ces paroles méprisantes, j'opposai le parapluie de mon indifférence. Lorsque je me couchai ce soir-là, exténué de fatigue, je m'endormis sur cette pensée délicieuse : « Aujourd'hui, j'ai tué un ours ! »

UN CHIEN A L'ÉGLISE

Après le chant du cantique, le Révérend Sprague se retourna et lut une liste interminable « d'annonces », de réunions, d'assemblées, de conférences, selon le curieux usage qui se perpétue en Amérique, et qui subsiste même dans les grandes villes où les nouvelles sont données dans tous les journaux.

Cela fait, le ministre du Seigneur se mit à prier ; il formula une invocation longue et généreuse qui embrassait l'Univers entier, appelant les bénédictions du ciel sur l'Église, les petits enfants, les autres églises de la localité, le village, le comté, l'État, les officiers ministériels de l'État, les États-Unis, les églises des États-Unis, le congrès, le président, les officiers du gouvernement, les pauvres marins ballottés par les flots, les millions d'opprimés qui souffrent de la tyrannie des monarques européens et du despotisme oriental ; il pria pour ceux qui reçoivent la Lumière et la Bonne Parole, mais qui n'ont ni yeux ni oreilles pour voir et comprendre ; pour les pauvres païens des îles perdues de l'océan, et il termina en demandant que sa prédication porte ses fruits et que ses paroles sèment le bon grain dans un sol fertile capable de donner une opulente moisson. Amen.

Il y eut alors un froufrou de robes, et l'assemblée, debout pour la prière, s'assit. Le jeune homme à qui nous devons ce récit ne s'associait nullement à ces exercices de piété ; il se contentait de faire acte de présence... et prêtait une attention des plus médiocres à l'office qui se déroulait. Il était rebelle à la dévotion, et comme il ne suivait la prière que d'une oreille distraite, connaissant par le menu le programme du pasteur, il écoutait de l'autre les bruits étrangers à la cérémonie. Au milieu de la prière une mouche s'était posée sur le banc devant lui, il s'absorba dans la contemplation de ses mouvements ; il la regarda se frotter les pattes de devant, se gratter la tête avec ces mêmes pattes, et la faire reluire comme un parquet ciré ; elle se frottait ensuite les ailes et les astiquait comme si elles eussent été des pans d'habit ; toute cette toilette se passait très simplement, et sans la moindre gêne ; la mouche évidemment se sentait en parfaite sécurité. Et elle l'était en effet, car, bien que Tom mourût d'envie de la saisir, il n'osa pas, convaincu qu'il perdrait irrémédiablement son âme, s'il commettait une action pareille pendant la prière. Mais à peine l'« Amen » fut-il prononcé, Tom avança sa main lentement et s'empara de la mouche.

Sa tante, qui vit le mouvement, lui fit lâcher prise.

Le pasteur commença son prêche et s'étendit si longuement sur son sujet que peu à peu les têtes tombèrent ; Dieu sait pourtant que la conférence était palpitante d'intérêt, car il promettait la récompense finale à un nombre d'élus si restreint qu'il devenait presque inutile de chercher à atteindre le but.

Tom compta les pages du sermon ; en sortant de l'église il ne se doutait même pas du sujet du prêche, mais il en connaissait minutieusement le nombre des feuillets. Cependant cette fois-ci il prit plus d'intérêt au discours. Le ministre esquissa un tableau assez pathétique de la fin du monde, à ce moment suprême où le lion et l'agneau couchés côte à côte se laisseront guider par un enfant. Mais la leçon, la conclusion morale à tirer de cette description grandiose ne frappèrent pas le jeune auditeur ; il ne comprit pas le symbole de cette image, et se confina dans un réalisme terre à terre ; sa physionomie s'illumina et il rêva d'être cet enfant, pour jouer avec ce lion apprivoisé.

Mais lorsque les conclusions arides furent tirées, son ennui reprit de plus belle. Tout d'un coup, une idée lumineuse lui traversa l'esprit ; il se rappela qu'il possédait dans sa poche une boîte qui renfermait un trésor : un énorme scarabée noir à la mâchoire armée de pinces puissantes. Dès qu'il ouvrit la boîte, le scarabée lui pinça vigoureusement le doigt ; l'enfant répondit par une chiquenaude vigoureuse ; le scarabée se sauva et tomba sur le dos, pendant que l'enfant suçait son doigt. Le scarabée restait là, se débattant sans succès sur le dos. Tom le couvait des yeux, mais il était hors de son atteinte. D'autres fidèles, peu absorbés par le sermon, trouvèrent un dérivatif dans ce léger incident et s'intéressèrent au scarabée. Sur ces entrefaites, un caniche entra lentement, l'air triste et fatigué de sa longue réclusion ; il guettait une occasion de se distraire ; elle se présenta à lui sous la forme du scarabée ; il le fixa du regard en remuant la queue. Il se rapprocha de lui en le couvant des yeux comme un tigre qui convoite sa proie, le flaira à distance, se promena autour de lui, et s'enhardissant, il le flaira de plus près ; puis, relevant ses babines épaisses, il fit un mouvement pour le happer, mais il le manqua. Le jeu lui plaisait évidemment, car il recommença plusieurs fois, plus doucement ; petit à petit il approcha sa tête, et toucha l'ennemi avec son museau, mais le scarabée le pinça ; un cri aigu de douleur retentit dans l'église pendant que le scarabée allait s'abattre un peu plus loin, toujours sur le dos, les pattes en l'air. Les fidèles qui observaient le jeu du chien se mirent à rire, en se cachant derrière leurs éventails ou leurs mouchoirs ; Tom exultait de bonheur. Le caniche avait l'air bête et devait se sentir idiot, mais il gardait surtout au cœur un sentiment de vengeance. Se rapprochant du scarabée, il recommença la lutte, cabriolant de tous les côtés, le poursuivant, cherchant à le prendre avec ses pattes ou entre ses dents ; mais ne parvenant pas à son but, il se lassa, s'amusa un instant d'une mouche, d'une demoiselle, puis d'une fourmi, et abandonna la partie, découragé de n'arriver à rien. Enfin, d'humeur moins belliqueuse, il se coucha... sur le scarabée. On entendit un cri perçant, et on vit le caniche courir comme un fou dans toute l'église, de la porte à l'autel, de l'autel vers les bas-côtés ; plus il courait, plus il hurlait. Enfin, fou de douleur il vint se réfugier sur les genoux de son maître, qui l'expulsa honteusement par la porte ; sa voix se perdit bientôt dans le lointain.

Pendant ce temps, l'assistance étouffait ses rires et le pasteur s'interrompit au milieu de son discours. Il le reprit ensuite tant bien que mal en cherchant ses mots, mais dut renoncer à produire le moindre effet sur l'auditoire ; le recueillement des fidèles s'était évanoui, les plus graves conseils du pasteur étaient reçus par eux avec une légèreté mal dissimulée et très peu édifiante.

Lorsque la cérémonie fut terminée, et la bénédiction donnée, chacun se sentit heureux et soulagé.

Tom Sawyer rentra chez lui très satisfait, pensant qu'après tout le service divin avait du bon, lorsque de légères distractions venaient l'agrémenter. Une seule chose le contrariait : il admettait bien que le chien se fût amusé avec son scarabée, mais il avait vraiment abusé de la permission en le faisant s'envoler par la fenêtre.

UNE VICTIME DE L'HOSPITALITÉ

— Monsieur, dis-je, ne m'en voulez pas si je vous ai amené dans ma maison aussi glaciale et aussi triste !

Il faut vous dire tout d'abord que j'ai été assez fou pour amener chez moi un ami, et qui plus est, un malade. Assis en chemin de fer en face de ce monsieur, j'eus l'idée diaboliquement égoïste de lui faire partager avec moi le froid de cette nuit brumeuse.

J'allai à lui et lui tapai sur l'épaule : « Ah ! » s'écria-t-il étonné.

— Venez, lui dis-je, sur un ton engageant et parfaitement hypocrite, et que ma maison soit la vôtre. Il n'y a personne en ce moment, nous y passerons d'agréables moments. Venez donc avec moi.

Aguiché par mon amabilité, cet homme accepta. Mais lorsque nous eûmes causé quelques instants dans la bibliothèque, nous sentîmes le froid.

— Allons, dis-je, faisons un beau feu clair et prenons du thé bien chaud ; cela nous mettra de bonne humeur. Permettez-moi de vous laisser seul pour tout préparer, et distrayez-vous en mon absence. Il faut que j'aille jusque chez Palmer pour lui demander de m'aider. Tout ira très bien.

— Parfait, me répondit mon hôte.

Palmer est mon bras droit. Il habite à quelques centaines de mètres de ma maison, une vieille ferme qui servait de taverne pendant la Révolution. Cette ferme s'est beaucoup délabrée depuis un siècle ; les murs, les planchers ont perdu la notion de la ligne droite et l'allée qui mène à la maison a presque complètement disparu ; aussi le bâtiment paraît-il tout de travers ; quant aux cheminées, elles semblent fortement endommagées par le vent et la pluie. Pourtant c'est une de ces vieilles maisons d'apparence solide qui avec tant soit peu de réparations braveraient les intempéries pendant encore cent ans et même plus. Devant la ferme s'étend une grande pelouse, et on aperçoit dans la cour un puits ancien qui a désaltéré des générations de gens et de bêtes. L'eau en est délicieusement pure et limpide. Lorsque sévirent les chaleurs de l'été dernier, j'y puisai bien souvent de l'eau, me rencontrant avec les mendiants qui venaient se désaltérer d'une gorgée d'eau claire avant de continuer leur route. Certes, vos vins capiteux peuvent faire briller de convoitise les yeux des convives qui se réunissent autour de tables somptueusement servies ; il n'en reste pas moins vrai que l'eau pure et cristalline constitue une boisson exquise pour les pauvres déshérités de l'existence.

En arrivant à la ferme, je m'aperçus qu'il n'y avait pour tout éclairage qu'une triste bougie à la porte, et je frappai discrètement. On ouvrit aussitôt.

— Palmer est-il là ? demandai-je.

— Non, John est absent ; il ne reviendra qu'après dimanche.

Hélas ! hélas ! il ne me restait qu'à m'en retourner ; reprenant à tâtons la route que je distinguais à peine dans le brouillard au milieu des pêchers, je rentrai dans ma lugubre maison.

Mon hôte malade paraissait très affecté.

— Allons ! lui dis-je en lui tapant doucement sur l'épaule, — le secouer plus vigoureusement eût été très déplacé dans le cas présent, — il faut nous débrouiller nous-mêmes ; je n'ai trouvé personne à la ferme.

Allons ! reprenons courage et ayons un peu d'entrain. Remontons-nous le moral, et allumons le feu ; mon voisin est absent, mais nous saurons bien nous passer de lui.

J'allumai donc ma lampe astrale, ma lampe à globe, veux-je dire, dont le piètre fonctionnement est une honte pour l'inventeur. Il faut lever la mèche très haut pour qu'elle donne un peu de lumière, et au bout d'un moment elle fume si bien que la pièce est pleine d'une suie épaisse qui vous prend à la gorge. Au diable cette vilaine invention ! Comme j'aimerais l'envoyer au diable !

Je me rappelai que je trouverais des fagots sous le hangar ; j'en rapportai donc et les mis dans le fourneau de la cuisine que j'allumai ; ensuite je pris la bouilloire, j'allai au puits la remplir, la mis sur le fourneau et j'attendis. Lorsque l'eau fut bien bouillante, je pris la boîte à thé, et coupai dans un gros pain carré des tranches que je fis griller. Au bout de trois quarts d'heure qui me parurent un siècle, je retournai vers mon ami. « Le thé est prêt », lui dis-je. Nous nous transportâmes silencieusement à la cuisine. Je récitai le benedicite ; la lampe fumait, le feu flambait difficilement, le thé était froid ; mon ami tremblait de froid (on me raconta plus tard qu'il avait médit de mon hospitalité. Ingrat personnage !) Après le thé, la principale chose à faire était de nous réchauffer pour ne pas nous laisser mourir. Au fond, mon ami se montra assez vaillant, et lorsqu'il s'agit de bourrer le poêle plusieurs fois, il me proposa son aide. Il essayait de paraître gai, mais sa physionomie restait triste. Pour ma part je riais intérieurement comme un homme qui vient de faire une bonne affaire en achetant un cheval. Et dire que les gens viennent chez vous pour trouver de l'agrément ! Lorsqu'ils sont sous votre toit, vous leur devez le confort sous toutes ses formes. Ils s'attendent à être fêtés, soignés, cajolés et bordés dans leur lit le soir. Le temps qu'ils passent chez les autres représente pour eux un doux « farniente ». Avec quelle satisfaction ils s'effondrent dans un fauteuil, et regardent vos tableaux et vos albums. Comme ils aiment à se promener en baguenaudant, humant avec délices la brise parfumée ! Que la peste les étouffe ! Comme ils attendent le dîner avec un appétit aiguisé. Le dîner ! Quelquefois le menu en est bien difficile à composer, et pendant que les invités sont dans un état de béatitude céleste, le maître de maison se creuse la tête dans une perplexité douloureuse ! Oh ! quelle délicieuse vengeance lorsqu'on peut troubler un peu leur quiétude, et qu'on les voit essayer de dissimuler leur mécontentement le jour où l'hospitalité qu'ils reçoivent chez vous ne répond pas à leur attente. « Mauvaise maison, pensent-ils ; on ne me reprendra pas dans une galère pareille ; j'irai ailleurs à l'avenir, là où je serai mieux traité ! »

Lorsque je vois cela, je me paye la tête de mes invités et m'amuse follement de leur déconfiture. C'est tout naturel, et je trouve très logique qu'ils partagent mes ennuis de maître de maison. Avec notre nature il nous faut des signes visibles et extérieurs de bonté ; l'accueil du cœur ne nous suffit pas. Si vous offrez à un ami un bon dîner ou un verre de vin, s'il a chaud et est bien éclairé chez vous, il reviendra ; sans cela vous ne le reverrez plus ; la nature humaine est ainsi faite ; moi, du moins, je me juge ainsi. Mais ici j'établis une distinction. Si votre ami fait des avantages matériels qu'il peut trouver chez vous plus de cas que des charmes intellectuels, s'il dédaigne votre amitié parce qu'il ne trouve pas chez vous tout le luxe et le confort qu'il aime, alors, ne l'honorez pas du nom d'« Ami ! »

— Allons nous coucher, proposai-je.

— Parfait, répondit mon invité.

— Pas si vite, mon cher, répliquai-je ; les lits ne sont pas faits ; il n'y a pas de femme de chambre dans la maison. Mais qu'est-ce que cela fait ? Cela n'a aucune importance. Je vais m'absenter un instant pendant que vous entretiendrez le feu.

Je monte dans la chambre d'ami ; je n'y trouve rien. Au bout d'une demi-heure, je découvre des oreillers, des draps et des couvertures. Je redescends et je tape joyeusement sur l'épaule de mon ami toujours transi de froid, et je lui dis aimablement : « Venez dans le nid qui vous attend. Vous y dormirez comme un bienheureux et demain vous vous sentirez mieux. »

Je le déshabille, le couche, et en le voyant la tête sur l'oreiller, je lui souhaite : « Bonsoir, bons rêves. »

— Bonsoir, me répond-il avec un faible sourire.

Après avoir regardé le temps par la fenêtre, je gagnai mon lit, qui était fait à la diable. Oh ! l'horrible lune, froide et lugubre ! Phœbé, Diane ou Lune, je te supplie par le nom que tu voudras de ne pas pénétrer dans ma chambre et de ne pas inonder mes yeux de ton pâle sourire ! Au diable ta figure blafarde qui trouble le sommeil et les doux rêves !

Le lendemain matin, j'allai chez mon ami et le traitant comme un prince ou un personnage de marque, je lui demandai avec force détails des nouvelles de sa nuit. Comme c'est un homme intègre, incapable d'altérer la vérité, il m'avoua qu'il avait eu un peu froid. Insupportable personnage ! Je lui avais pourtant donné toutes les couvertures de la maison !

Nous tombions juste sur un dimanche ; or, mon ami qui est un fin rimeur a beaucoup chanté les charmes et la poésie du dimanche à la campagne ; comme le feu n'était pas encore allumé, je le pris par le bras, et lui proposai une promenade sur le gazon ; mais le gazon était couvert de rosée, et il rentra transi pour se réchauffer près du poêle éteint. L'heure du déjeuner approchait, mais je n'avais pas encore solutionné cette question embarrassante. Tout d'un coup, me frappant le front comme si une étincelle en eût jailli, je me précipitai hors de la cuisine, en traversant le jardin au galop, et je frappai à la porte de la ferme.

L'excellente fermière était heureusement visible.

— Madame, lui dis-je, je suis dans un grand embarras. J'ai un ami chez moi, et ne dispose de personne pour nous faire la cuisine ; je n'ai pas la moindre provision ; pouvez-vous me rendre le service de nous préparer le déjeuner, le dîner et le thé pour la journée ?

Très obligeamment elle y consentit, et au bout d'une demi-heure, je conduisis triomphalement mon poète dans cette vieille maison ; la nappe blanche était mise, une chaleur exquise régnait dans la pièce ; du coup, mon ami retrouva toute sa gaieté.

Nous allâmes à l'église, et au retour, son sang, fouetté par la marche, lui avait rendu sa bonne humeur ; lorsqu'il s'assit dans le fauteuil à bascule pour attendre le poulet rôti, il me donna l'illusion du « Bien-être en personne ».

J'étais presque furieux de lui avoir procuré un tel confort !

LES DROITS DE LA FEMME

PAR

ARTHEMUS WARD

L'année dernière, j'avais planté ma tente dans une petite ville d'Indiana. Je me tenais sur le seuil de la porte pour recevoir les visiteurs, lorsque je vis arriver une députation de femmes ; elles me déclarèrent qu'elles faisaient partie de l'Association féministe et réformiste des droits de la femme de Bunkumville, et me demandèrent l'autorisation d'entrer dans ma tente sans payer.

— Je ne saurais vous accorder cette faveur, répondis-je ; mais vous pouvez payer sans entrer.

— Savez-vous qui nous sommes ? cria l'une de ces femmes, créature immense, à l'air rébarbatif, qui portait une ombrelle de cotonnade bleue sous le bras ; savez-vous bien qui nous sommes, monsieur ?

— Autant que j'en puis juger à première vue, répondis-je, il me semble que vous êtes des femmes.

— Sans doute, monsieur, reprit la même femme sur un ton non moins revêche ; mais nous appartenons à la société protectrice des droits de la femme ; cette société croit que la femme a des droits sacrés, et qu'elle doit chercher à élever sa condition.

— Douée d'une intelligence égale à celle de l'homme, la femme vit perpétuellement méprisée et humiliée ; il faut remédier à cette situation, et notre société a précisément pour but de lutter avec une énergie constante contre les agissements des hommes orgueilleux et autoritaires.

Pendant qu'elle me tenait ce discours, cette créature excentrique me saisit par le col de mon pardessus et agita violemment son ombrelle au-dessus de ma tête.

— Je suis loin de mettre en doute, madame, lui dis-je en me reculant, l'honorabilité de vos intentions ; cependant je dois vous faire observer que je suis le seul homme ici, sur cette place publique ; ma femme (car j'en ai une) est en ce moment chez elle, dans mon pays.

— Oui, vociféra-t-elle, et votre femme est une esclave ! Ne rêve-t-elle jamais de liberté ? Ne pensera-t-elle donc jamais à secouer le joug de la tyrannie ? à agir librement, à voter... ? Comment se fait-il que cette idée ne lui vienne pas à l'esprit ?

— C'est tout bonnement, répondis-je un peu agacé, parce que ma femme est une personne intelligente et pleine de bon sens.

— Comment ? comment ? hurla mon interlocutrice, en brandissant toujours son ombrelle ; à quel prix, d'après vous, une femme doit-elle acheter sa liberté ?

— Je ne m'en doute pas, répondis-je ; tout ce que je sais, c'est que pour entrer sous ma tente, il faut payer quinze cents par personne.

— Mais les membres de notre association ne peuvent-ils pas entrer sans payer ? demanda-t-elle.

— Non, certes. Pas que je sache.

— Brute, brute que vous êtes ! hurla-t-elle en éclatant en sanglots.

— Ne me laisserez-vous pas pénétrer ? demanda une autre de ces excentriques en me prenant la main doucement et avec câlinerie : « Oh ! laissez-moi entrer ! Mon amie, voyez-vous, n'est qu'une enfant terrible. »

— Qu'elle soit ce qu'elle voudra, répondis-je, furieux de voir se prolonger cette facétie, je m'en fiche ! Là-dessus elles reculèrent toutes et me traitèrent d'« animal » toutes en chœur.

— Mes amies, dis-je, avant votre départ, je voudrais vous dire quelques mots bien sentis : écoutez-moi bien : La femme est une des plus belles institutions de ce bas monde ; nous pouvons nous en glorifier. Nul ne peut se passer de la femme. S'il n'y avait pas de femmes sur terre, je ne serais pas ici à l'heure actuelle. La femme est précieuse dans la maladie ; précieuse dans l'adversité comme dans le bonheur ! O femme ! m'écriai-je sous l'effluve d'un souffle poétique, tu es un ange quand tu ne cherches pas à sortir de tes attributions ; mais quand tu prétends intervertir les rôles et porter la culotte (ceci soit dit au figuré) ; lorsque tu désertes le foyer conjugal et que, la tête farcie des théories féministes, tu t'élances comme une lionne en courroux, en quête d'une proie à dévorer ; lorsque, dis-je, tu veux te substituer à l'homme, tu deviens un être infernal et néfaste !

— Mes amies ! continuai-je en les voyant partir indignées, n'oubliez pas ce que Arthémus Ward vous dit !